VOYAGE DE GULLIVER

À LILLIPUT

SWIFT

VOYAGE DE GULLIVER
À LILLIPUT

Illustrations de V. POIRSON et F. COURBOIN

PARIS

SOCIÉTÉ FRANÇAISE D'ÉDITIONS D'ART

Collection L.-Henry MAY - G. MANTOUX

9 et 11, RUE SAINT-BENOIT

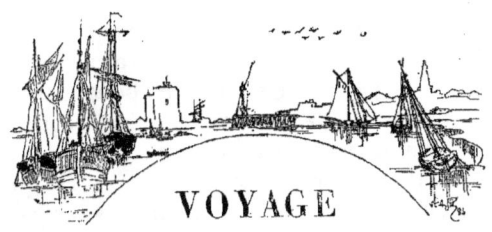

VOYAGE

A LILLIPUT

CHAPITRE PREMIER

L'auteur donne quelques renseignements sur sa famille et sur ses débuts
dans la vie. Il indique les principales raisons qui l'engagèrent à
voyager. Il fait naufrage, se sauve à la nage et arrive à Lilliput. Il
est fait prisonnier, enchaîné et entraîné dans l'intérieur du pays.

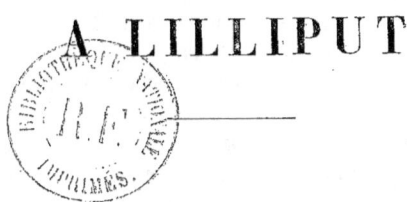 ON père, qui possédait une modeste propriété
dans le comté de Nottingham, avait cinq fils
dont j'étais le troisième.

A l'âge de quatorze ans, il m'envoya au
collège Emmanuel, à Cambridge, où j'étudiai conscien-
cieusement pendant cinq années.

Pourtant les frais de mon éducation — bien que l'on nous
eût accordé quelques concessions — devenant trop lourds
pour la modique fortune de mon père, il se vit dans la
nécessité de me mettre en apprentissage chez M. James
Bates, célèbre chirurgien de Londres, avec lequel je restai

quatre ans. J'employais le peu d'argent que mon père m'envoyait de temps en temps à m'instruire sur la navigation et les autres parties des mathématiques les plus utiles à ceux qui ont l'intention de voyager, comme je pressentais que j'aurais un jour ou l'autre à le faire.

En quittant M. Bates, je retournai chez mon père, qui se cotisa avec mon oncle Jean et quelques autres parents pour réunir la somme de 40 livres sterling (1.000 francs) avec la promesse de me servir une annuité de 30 livres qui me permettrait de vivre à Leyde, où j'allai pendant deux ans et sept mois étudier la médecine, comprenant que cela ne pouvait manquer de m'être très utile dans mes longs voyages.

Peu de temps après mon retour de Leyde, j'obtins, sur la recommandation de mon excellent patron, M. Bates, une situation comme chirurgien à bord du *Swallow* (Hirondelle) que commandait le capitaine Abraham Pannell, sous les ordres duquel je fis un ou deux voyages au Levant et dans d'autres parties du monde.

A mon retour, je résolus de me fixer à Londres, comme m'y engageait mon premier maître, M. Bates, qui me recommanda en outre à plusieurs personnes de sa clientèle. Je louai donc un appartement dans le quartier d'Old Jewry, et sur les conseils qui me furent donnés je me mariai avec miss Mary Burton, seconde fille de M. Edmund Burton, bonnetier dans Newgate Street, qui lui donna 10.000 francs de dot.

Malheureusement, mon bienfaiteur, M. Bates, mourut deux ans après, et, n'ayant que très peu de relations, mes affaires ne tardèrent pas à péricliter, car il répugnait à ma conscience d'imiter les pratiques malhonnêtes d'un trop grand nombre de mes confrères. Donc, après m'être consulté avec ma femme et quelques-uns de nos amis, je me décidai à naviguer de nouveau.

Je fus successivement chirurgien sur deux vaisseaux et fis en cette qualité, pendant six ans, aux Indes orientales et aux Antilles, plusieurs voyages qui contribuèrent à augmenter quelque peu l'état de ma fortune. J'occupai mes moments de loisir à la lecture des meilleurs auteurs, anciens et modernes, car j'avais bien soin d'être toujours pourvu

d'un grand nombre de livres. Lorsque nous étions à terre, j'employais mon temps à l'étude des mœurs et du caractère des peuples et je m'efforçais d'apprendre leur langage, exercice pour lequel j'avais une grande facilité, grâce à mon excellente mémoire.

Le dernier de ces voyages n'ayant pas été très heureux, je me dégoûtai de la mer et résolus de rester chez moi avec ma femme et mes enfants. Je quittai Old Jewry Street pour Fetter Lane, puis finis par me fixer à Wapping, dans l'espoir de me créer une clientèle parmi les matelots, mais je n'y réussis pas. Après avoir vainement attendu trois ans une amélioration dans l'état de mes affaires, je crus devoir accepter l'offre avantageuse qui me fut faite par le capitaine William Pritchard, commandant de l'*Antilope*, en partance pour un voyage à la mer du Sud. On s'embarqua à Bristol le 4 mai 1699, et les débuts de notre voyage furent des plus heureux.

Il serait oiseux, pour bien des raisons, de fatiguer le lecteur avec les détails de nos aventures sur ces mers. Je me bornerai donc à l'informer que lors de notre passage aux Indes orientales, nous fûmes poussés par une violente tempête sur le nord-ouest de la terre de Van Diemen. Nos observations nous firent constater que nous nous trouvions à 30° 2′ de latitude sud. Douze hommes de notre équipage étaient morts des suites de fatigues excessives et de la mauvaise nourriture, et les quelques survivants étaient dans une déplorable condition.

Le 5 novembre, qui était le commencement de l'été dans ces régions, le temps étant très sombre, les matelots n'aperçurent un roc que lorsque le navire n'en était plus éloigné que de la longueur d'un câble; le vent était si violent que nous fûmes directement précipités dessus et que l'on échoua en une minute.

Six hommes de l'équipage — j'étais du nombre — ayant pu jeter la chaloupe à la mer, réussirent à grand'peine à quitter le vaisseau et à éviter l'écueil. On rama pendant environ trois lieues, à mon idée; jusqu'à ce qu'il ne nous fût plus possible de continuer, car nous étions déjà épuisés par les fatigues que nous avions endurées sur le vaisseau. On s'abandonna donc à la merci des vagues et une demi-heure plus tard à peu près il nous arriva soudainement un terrible coup de vent du nord qui fit chavirer notre embarcation.

Que devinrent mes camarades, mes compagnons de la chaloupe, ceux qui se sauvèrent sur le rocher, ou ceux qui étaient restés sur le vaisseau? Je l'ignore; mais il est à craindre qu'ils n'aient tous péri.

Quant à moi je nageai, me laissant aller au gré des flots, poussé vers la terre par le vent et la marée. Plus d'une fois je laissai tomber mes jambes, mais sans pouvoir toucher le fond. Enfin, comme j'étais à bout de forces et incapable de lutter plus longtemps, je sentis tout à coup que j'avais pied. A ce moment la tempête s'était beaucoup calmée. Pourtant la pente du fond était si peu sensible que je dus marcher pendant près d'un mille avant de gagner la terre. Autant que j'en pouvais juger, il devait être alors près de huit heures du soir.

J'avançai pendant près d'un demi-mille sans pouvoir découvrir aucune trace d'habitation ou rencontrer un être humain. Du moins j'étais dans un tel état de faiblesse que je n'en observai point. J'étais exténué de fatigue; ajoutez à cela la chaleur excessive et la demi-pinte d'eau-de-vie que j'avais bue en quittant le vaisseau, vous comprendrez que je me sentais pris d'un irrésistible besoin de dormir. Je m'étendis sur l'herbe qui était très peu élevée mais douce et je m'y laissai aller à dormir comme je ne me rappelle pas

2

avoir jamais dormi de ma vie. Mon sommeil avait dû se prolonger pendant neuf heures, car, lorsque je m'éveillai, il faisait grand jour.

J'essayai de me lever, mais il me fut impossible de bouger; j'étais couché sur le dos et j'avais les bras et les jambes attachés à la terre de chaque côté. Mes cheveux qui étaient longs et épais étaient attachés de la même manière. De plus, mon corps était entouré par plusieurs ligatures très minces depuis les aisselles jusqu'aux cuisses. Je ne pouvais que regarder en haut; le soleil commençait à devenir très chaud et sa clarté me faisait mal aux yeux.

J'entendis un bruit confus autour de moi, mais dans la position où je me trouvais étendu je ne pouvais voir que le ciel.

Bientôt je sentis quelque chose de vivant remuer sur ma jambe gauche et cela avançant doucement sur ma poitrine arriva presque à mon menton. En baissant les yeux autant que cela m'était possible, je m'aperçus que c'était un petit être humain, à peine haut de six pouces, ayant dans les mains un arc et des flèches et portant un carquois sur le dos. Au même moment j'en sentis au moins une quarantaine, ou à peu près, du même genre, qui suivaient le premier.

Mon extrême étonnement m'arracha un si grand cri que tous s'enfuirent épouvantés. On m'assura plus tard que plusieurs d'entre eux se blessèrent dans les chutes qu'ils firent en sautant de dessus mon corps sur le sol. Pourtant ils ne tardèrent pas à revenir, et l'un d'eux qui s'était risqué à avancer assez près pour bien voir ma figure, levant les bras et les yeux en signe d'admiration, se mit à crier d'une voix aigre, mais distincte : *Heknah Degul,* exclamation que les autres répétèrent à plusieurs reprises, mais alors je ne pouvais en comprendre le sens.

Mes cheveux étaient attachés de la même manière... (p. 10).

Pendant tout ce temps-là, comme le lecteur doit bien le penser, j'étais fort mal à mon aise. Enfin, faisant un effort pour me dégager, je réussis à briser les liens et à arracher les piquets qui attachaient mon bras gauche à la terre. En le soulevant à hauteur du visage, je découvris la façon dont ils s'y étaient pris pour me lier.

Par une violente secousse qui me causa une grande douleur, je relâchai un peu les cordons qui attachaient mes cheveux du côté gauche, de sorte que je pus alors tourner la tête de deux pouces environ. Mais ces créatures se sauvèrent de nouveau, si bien que je ne pus les saisir. Puis ce fut une grande clameur sur un ton très aigu et dès qu'elle eut cessé, j'entendis l'un deux s'écrier : *Jolgo Phonac.*

Presque aussitôt, je reçus à la main gauche une décharge de plus de cent flèches qui me piquèrent comme autant d'aiguilles, puis ils en envoyèrent une autre volée en l'air, comme en Europe nous envoyons des bombes. Bon nombre de ces flèches, je suppose, me tombèrent sur le corps, quoique je ne les sentisse pas, mais d'autres m'atteignirent au visage, que je couvris immédiatement avec ma main gauche.

Quand cette grêle de flèches fut passée, je retombai en poussant des gémissements de colère et de douleur, et, comme j'essayai encore une fois de me délivrer, on m'envoya une autre décharge, plus grande encore que la première, et quelques-uns cherchèrent à me percer les flancs de leurs piques, mais heureusement, je portais une veste de peau de buffle qu'elles ne purent traverser.

Je jugeai que le plus prudent était de me tenir tranquille, ce que je résolus de faire jusqu'à la nuit, où alors, ma main gauche se trouvant déjà à peu près dégagée, il me serait facile de me délivrer ; quant aux habitants, je me sentais de taille à tenir tête à la plus grande armée qu'ils pourraient m'opposer, s'ils étaient tous de la même taille que celui que j'avais vu. Mais la fortune devait disposer autrement de moi.

Lorsque ces gens eurent observé que je restais tranquille, ils ne me décochèrent plus de flèches, mais par le bruit

que j'entendis je compris que leur nombre augmentait, et, à environ quatre mètres de moi, du côté de mon oreille droite, j'entendis pendant plus d'une heure un bruit ressemblant à celui fait par des ouvriers en train de travailler. En tournant ma tête de ce côté-là, autant que les piquets et les cordons me le permettaient, je vis une sorte d'échafaudage d'un pied et demi de hauteur, capable de contenir quatre de ces habitants, avec deux ou trois échelles pour y monter.

L'un d'entre eux, qui me parut être un personnage de distinction, m'adressa de la plate-forme un long discours, dont je ne compris pas une syllabe. J'ai omis de noter qu'avant de commencer sa harangue, il s'était écrié à trois reprises : *Langro dehul san*.

Ces mots ainsi que ceux que j'ai mentionnés précédemment me furent plus tard répétés et expliqués. Immédiatement, cinquante de ces individus s'avancèrent et coupèrent les liens qui attachaient le côté gauche de ma tête, ce qui me laissa la liberté de la tourner à droite et d'observer la physionomie et les gestes de celui qui allait parler.

Il me parut être un homme d'âge moyen et d'une taille plus grande que celle des trois autres qui l'accompagnaient, dont l'un, un page, tenait la queue de sa robe et paraissait juste un peu plus grand que mon doigt du milieu. Les deux autres se tenaient debout de chaque côté pour le soutenir. Il déploya toute l'action d'un orateur et je pus observer plusieurs périodes pleines de menaces et d'autres indiquant et exprimant des sentiments de pitié et de bienveillance. Je répondis en quelques mots, mais d'une manière pleine de soumission, levant le bras gauche et les yeux au ciel comme pour le prendre à témoin.

Mourant presque de faim, car je n'avais absolument rien mangé depuis les quelques heures qui avaient précédé mon départ du vaisseau, je sentais les exigences de la nature s'emparer de mon être avec une telle force que je ne pus m'empêcher de témoigner mon impatience — peut-être contre les règles strictes des convenances — en portant fréquemment mon doigt à ma bouche, pour bien faire comprendre que j'avais besoin de nourriture.

Le *Hurgo* (car c'est, comme je l'appris ensuite, le terme qu'ils emploient pour désigner un grand seigneur) me comprit parfaitement.

Il descendit de l'échafaudage et donna l'ordre d'appliquer plusieurs échelles à mes côtés. Plus de cent hommes montèrent dessus, puis se dirigèrent vers ma bouche, chargés de paniers pleins de viande, que le roi avait fait remplir pour m'être envoyés, dès qu'il avait été informé de ma présence. J'observai qu'il y avait de la chair de plusieurs animaux, mais je ne pus les distinguer par le goût. C'étaient des épaules, des gigots, des longes, ressemblant à des quartiers de mouton, mais plus petits que les ailes d'une alouette.

J'en avalai deux ou trois bouchées en mangeant à la fois trois pains, gros comme des balles de mousquet. Ils me servaient tout cela aussi vite qu'ils le pouvaient, en témoignant à chaque instant leur étonnement et leur admiration pour ma taille et mon appétit.

Je leur fis un nouveau signe pour indiquer que je désirais boire. Par la façon dont je mangeais, ils jugèrent qu'une petite quantité ne me suffirait pas, et comme c'est un peuple très ingénieux, ils levèrent avec une grande dextérité un de leurs plus grands tonneaux, qu'ils roulèrent sur ma main et défoncèrent ensuite. Je le bus d'un seul coup, ce qui n'était guère difficile, car il ne contenait pas plus d'une demi-pinte.

Ce breuvage avait le goût du petit vin de Bourgogne, mais il était bien plus délicat. Ils m'apportèrent un second tonneau que je vidai de la même façon, et je fis signe pour en avoir d'autre, mais ils n'en avaient plus à me donner.

Après que j'eus accompli ces merveilles, ils poussèrent des cris de joie et se mirent à danser sur ma poitrine en répétant à plusieurs reprises, comme ils l'avaient fait d'abord : *Hekina Degul*. Ils me firent signe de jeter les deux tonneaux en bas, mais après avoir au préalable conseillé aux gens qui se trouvaient en dessous de se tenir à l'écart, criant de toute leur force : Borach Medolah ; puis quand on vit les tonneaux en l'air, ce fut un cri unanime de *Hekina Degul*.

J'avoue que je fus plus d'une fois tenté, pendant qu'ils allaient et venaient sur mon corps, de saisir les quarante ou cinquante premiers qui se trouveraient à ma portée, et de les écraser sur le sol. Cependant le souvenir de ce que j'avais ressenti — ce qui n'était peut-être pas le pire qu'ils puissent me faire — et la promesse d'honneur que je leur avais faite, car c'est ainsi que j'interprétais ma conduite soumise, chassa vite cette idée.

Je me considérai en outre comme lié par les lois de l'hospitalité envers un peuple qui m'avait traité avec une si coûteuse magnificence. Pourtant, dans mon for intérieur, je ne pouvais assez admirer l'intrépidité de ces êtres si petits qui n'avaient pas craint de monter et de se promener sur mon corps, alors que j'avais une main de libre, sans trembler rien qu'à la vue de la créature prodigieuse que je devais leur paraître.

Après quelque temps, quand ils eurent observé que je ne demandais plus à manger, un personnage de haut rang, envoyé par Sa Majesté, se présenta devant moi.

Son Excellence, après être monté sur le jarret de ma

3

jambe droite, s'avança jusqu'à ma figure avec une douzaine de personnes de sa suite, et, après avoir présenté ses
lettres de créance revêtues du sceau royal, qu'il approcha
très près de mes yeux, me parla pendant environ dix mi-

J. COURBOIN

nutes, sans donner aucun signe de colère, mais en s'exprimant avec une sorte de froide résolution.

Pendant son discours, son index pointait souvent vers
une direction que je sus plus tard être celle de la capitale,
située à environ un demi-mille de distance. C'était là

que Sa Majesté avait décidé en conseil de me faire transporter.

Je répondis en peu de mots, mais sans résultat, et fis un
signe avec ma main libre, la mettant sur l'autre (mais en
passant par-dessus la tête de Son Excellence, de crainte de
lui faire du mal, à elle ou à sa suite) ; puis la portant à ma
tête et à mon corps pour faire comprendre que je désirais
ma liberté.

Il parut assez bien me comprendre, car il secoua la tête
en signe de désapprobation et me montra par ces gestes que
je devais être emmené comme un prisonnier.

Il me fit cependant comprendre par d'autres signes que
j'aurais suffisamment à manger et à boire et que je serais
bien traité. Là-dessus, je fus encore une fois tenté de briser
mes liens, mais quand je sentis de nouveau les piqûres de
leurs flèches sur mon visage et sur mes mains, qui étaient
très enflées et sur lesquelles plusieurs de leurs flèches
restaient encore fixées ; quand je constatai également que
le nombre de mes ennemis augmentait, je tâchai de leur
faire comprendre qu'ils pouvaient faire de moi ce qu'ils
voudraient. Le *hurgo*, escorté de sa suite, se retira alors
avec beaucoup de civilité et paraissant fort satisfait.

Bientôt après j'entendis pousser des cris de tous côtés au
milieu desquels j'observai que les mots *Peplom solan* reve-
naient fréquemment ; puis je sentis un grand nombre de
gens sur mon côté gauche relâchant les cordes assez pour
que je puisse me tourner sur le côté droit et me soulager
en lâchant de l'eau, ce que je fis abondamment, au grand
étonnement de ces gens. Auparavant ils m'avaient enduit
le visage et les mains d'une sorte d'onguent très agréable à
l'odorat et qui m'enleva en quelques minutes la douleur
occasionnée par les piqûres des flèches.

Ces circonstances jointes aux rafraîchissements que

j'avais reçus tant en victuailles qu'en vins, me disposèrent au sommeil. Je dormis pendant près de huit heures, comme on me l'assura ensuite, et cela n'est pas surprenant car les médecins avaient, par ordre de l'empereur, versé un narcotique dans les tonneaux de vin.

Il paraît qu'aussitôt après que l'on m'eût découvert dormant sur le sol, après mon atterrissement, l'empereur en fut très vite informé par un exprès et qu'il décida en conseil que je serais attaché de la façon que j'ai racontée (ce qui fut fait dans la nuit pendant que je dormais), que l'on m'enverrait des vivres et de la boisson en quantité suffisante et que l'on construirait une machine pour me transporter à la capitale.

Cette résolution pourra peut-être sembler hardie et dangereuse et je suis convaincu qu'elle ne serait imitée par aucun prince de l'Europe en pareille occasion.

Cependant, à mon avis, elle était extrêmement sage, en même temps que généreuse. En effet, en supposant que ces gens aient essayé de me tuer avec leurs lances et leurs flèches pendant que je dormais, je me serais certainement réveillé à la première sensation de douleur, ce qui aurait pu exciter ma rage et mes forces au point de pouvoir briser les cordes qui m'attachaient; après quoi, comme ils ne se trouvaient plus en état d'opposer aucune résistance, ils n'étaient plus en droit d'espérer aucune pitié.

Ces peuples sont très bons mathématiciens et ils sont arrivés à une grande perfection dans la mécanique, grâce à l'appui et aux encouragements de l'empereur, toujours disposé à patronner la science. Ce prince a plusieurs machines montées sur roues pour le transport des arbres et autres lourds fardeaux. Il fait souvent construire ses plus grands vaisseaux de guerre, dont quelques-uns ont neuf pieds de long, dans les forêts où poussent les bois de charpente et il les fait transporter ainsi sur ces machines jusqu'à la mer, c'est-à-dire à une distance de trois ou quatre cents mètres.

Cinq cents charpentiers et mécaniciens furent immédiatement chargés de préparer la plus grande machine qu'ils aient encore jamais eue. C'était un cadre en bois, élevé de trois pouces au-dessus du sol, d'environ sept pieds de long et de quatre de large, se mouvant sur vingt-deux roues.

Les cris que j'avais entendus avaient été provoqués par l'arrivée de cette machine roulante, qui, à ce qu'il semble, se mit en marche quatre heures après mon atterrissement.

On l'amena à l'endroit où j'étais couché en la plaçant parallèlement à mon corps. Mais la plus grande difficulté consistait à me soulever et à me placer sur ce véhicule. Quatre-vingts poteaux, hauts chacun d'un pied, furent dressés dans ce but, et l'on fixa, à l'aide de crochets, des cordes très fortes de la grosseur d'une ficelle à un grand nombre de bandages dont les ouvriers m'avaient entouré le cou, les mains, le corps et les pieds. Neuf cents hommes des plus robustes furent employés à tirer sur ces cordes au moyen de nombreuses poulies fixées aux poteaux, et c'est ainsi, qu'en moins de trois heures, je fus soulevé et hissé dans le chariot; après quoi on me lia solidement.

Tout cela me fut raconté plus tard, car pendant toute la durée de l'opération, j'étais plongé dans un profond sommeil, produit par la force de la potion soporifique infusée dans le vin que j'avais bu.

Quinze cents des plus gros chevaux de l'Empereur, hauts chacun d'environ quatre pouces et demi, furent employés à me traîner vers la capitale, qui, comme je l'ai dit, était éloignée d'un demi-mille.

Quatre heures après, on se mit en route et je fus réveillé par un accident bien insignifiant; le chariot ayant dû être arrêté pour raccommoder quelque chose de dérangé, deux ou trois jeunes naturels, poussés par la curiosité de voir la mine que j'avais en dormant, grimpèrent sur le chariot et s'avancèrent tout doucement jusqu'à mon visage. L'un d'entre eux, officier des gardes, enfonça la pointe de sa demi-pique dans ma narine gauche, ce qui me chatouilla le nez comme une paille et me fit éternuer très fort. Ils se sauvèrent avant que j'aie eu le temps de les apercevoir, et ce ne fut que trois semaines après que je connus la cause de mon réveil si soudain.

On fit une longue étape le restant de la journée et l'on ne s'arrêta que la nuit. On m'entoura d'une garde de cinq cents hommes de chaque côté, la moitié tenant des torches, les autres armés d'arcs et prêts à m'envoyer des flèches, si j'avais l'air de vouloir bouger.

On se remit en marche le lendemain au lever du soleil, pour arriver vers midi, à deux cents yards des portes de la ville.

L'Empereur, suivi de toute sa cour, vint à notre rencontre, mais ses grands officiers ne voulurent à aucun prix consentir à ce que Sa Majesté s'exposât à un danger en montant sur moi.

A l'endroit où le chariot s'arrêta, il y avait un ancien temple qui passait pour le plus grand du royaume, mais, comme quelques années auparavant il avait été souillé par un crime odieux, les fidèles le considéraient comme un lieu profane. On en avait enlevé tout le mobilier et tous les ornements du culte et on l'avait affecté à divers services publics. Ce fut cet édifice qui m'avait été assigné comme logement.

La grande porte regardant le nord avait environ quatre pieds de haut et presque deux pieds de large, formant une ouverture assez grande pour que je puisse m'y glisser facilement. De chaque côté de la porte il y avait une petite fenêtre à six pouces de hauteur du sol. A celle de gauche, les serruriers du roi fixèrent quatre-vingt-onze chaînes, semblables à celles, attachées aux montres des dames en Europe et presque aussi larges. On fixa toutes ces chaînes à ma jambe gauche, avec trente-six cadenas.

En face de ce temple, de l'autre côté de la grande route, à une distance de vingt pieds, il y avait une tour d'au moins cinq pieds de hauteur.

Ce fut sur cette tour que l'Empereur monta avec les seigneurs de sa cour, afin de m'examiner à son aise, du moins à ce qu'on me dit, car il ne m'était pas possible de les voir.

On estime à plus de cent mille hommes le nombre des habitants venus de la ville dans le même but, et je crois qu'en dépit de tous mes gardes, il n'y eut pas moins de dix mille de ces citoyens qui montèrent à la fois sur mon corps au moyen d'échelles. Heureusement que bientôt un décret vint le défendre sous peine de mort.

Lorsque les ouvriers eurent constaté qu'il m'était impossible de me sauver, ils coupèrent tous les liens qui m'attachaient, et je me levai, en éprouvant un sentiment de tristesse, comme je n'en ai jamais ressenti dans ma vie.

Je renonce à décrire le bruit et l'étonnement du peuple quand il me vit me promener et marcher. Les chaînes qui retenaient ma jambe gauche avaient environ six pieds de long, et non seulement me donnaient la liberté d'aller et venir dans un demi-cercle, mais encore me permettaient de ramper dans l'intérieur du temple et de m'y étendre tout de mon long.

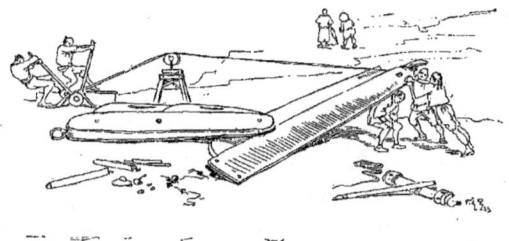

CHAPITRE II

 ORSQUE je me trouvai sur mes pieds, je regardai
autour de moi, et je dois avouer que je n'avais
jamais eu devant les yeux une pareille perspective.

Toute la campagne d'alentour m'apparaissait comme un
jardin continu, et les champs (d'une superficie de quarante
pieds carrés généralement) entourés de clôtures, ressemblaient à autant de parterres de fleurs. Ces champs étaient
entremêlés de bois d'une perche d'étendue, et, autant que
j'en pus juger, les plus grands arbres semblaient avoir sept
pieds de haut. A ma gauche je pouvais voir la ville, qui
avait l'air d'un décor de théâtre représentant une cité.

Il y avait déjà quelques heures que je me sentais très
pressé par des besoins naturels, ce qui n'avait rien d'extra-

4

ordinaire, car depuis près de deux jours, je n'avais pu les satisfaire.

Je me trouvais très embarrassé entre la nécessité et la décence. Le meilleur expédient qui me vint à l'idée fut de me glisser dans ma maison, ce que je fis.

Alors, fermant la porte après moi, j'allai aussi loin que ma chaîne le permettait et je débarrassai mon corps de son gênant fardeau. Ce fut cependant la seule fois que je me rendis coupable d'un acte aussi malpropre et pour lequel je ne puis qu'espérer l'indulgence de l'honnête lecteur, après qu'il aura mûrement et impartialement considéré ma position et l'extrémité dans laquelle je me trouvais.

A partir de ce moment, je pris l'habitude d'accomplir cette opération en plein air, à l'extrême limite de ma chaîne, et l'on avait soin tous les matins, avant que le monde n'arrivât, de faire enlever, par deux domestiques chargés de cette sanitaire besogne, ces matières dans des brouettes.

Je n'aurais pas insisté aussi longtemps sur une circonstance qui pourrait peut-être, à première vue, paraître n'avoir que très peu d'importance, si je n'avais pas jugé nécessaire de justifier devant le monde mon caractère en ce qui concerne la propreté, que, à ce que l'on m'assure, quelques-uns de mes détracteurs ont mise en doute, à propos de cette occasion et d'autres.

Quand j'eus fini, je sortis de ma maison, éprouvant le besoin de me trouver au grand air.

L'Empereur était déjà descendu de la tour et s'avançait vers moi à cheval, ce qui faillit lui coûter cher, car la bête, quoique très bien dressée, mais nullement habituée à une telle vue, qui semblait lui représenter une montagne remuant devant lui, se cabra sur ses pieds de derrière ; heureusement le prince, excellent cavalier, se maintint en selle jusqu'à l'arrivée des gens de son escorte qui prirent

l'animal par la bride pendant que Sa Majesté mettait pied
à terre.

Une fois descendu de cheval, il m'examina de tous côtés
avec une grande admiration, mais en restant au delà de la
longueur de ma chaîne. Il ordonna à ses cuisiniers et som-
meliers, qui étaient déjà tout prêts, de me donner à manger et à boire. Aussitôt ils poussèrent devant eux, jusqu'à

ce qu'ils fussent à ma portée, les véhicules contenant les
provisions.

Je pris les chariots et les eus bientôt tous vidés : vingt
d'entre eux étaient remplis de viandes et dix de liquide.
Chacun des premiers me procura deux ou trois bonnes bouchées, et je vidai d'un trait le contenu des dix flacons de terre
renfermant la liqueur, qui se trouvaient sur le premier
chariot, et fis de même pour tous les autres.

L'Impératrice et les jeunes princes et princesses du sang,
accompagnés d'un grand nombre de dames, avaient pris
place sur des sièges à quelque distance, mais à l'occasion

de ce qui était arrivé au cheval de l'Empereur, tous s'étaient levés et étaient venus entourer sa personne, que je vais maintenant vous décrire :

Il est plus grand d'environ la largeur de mon ongle que tous ses courtisans, ce qui suffit pour imposer le respect et la crainte à ceux qui le regardent. Ses traits sont mâles et accentués, avec une lèvre autrichienne, le nez aquilin, le teint olive, le port droit, le corps et les membres bien proportionnés, les mouvements gracieux et la démarche majestueuse.

Il avait alors passé la fleur de la jeunesse, étant âgé de vingt-huit ans et neuf mois, sur lesquels il comptait sept années de règne passées dans une grande prospérité et durant lesquelles il avait été presque toujours victorieux.

Afin de pouvoir l'examiner plus à mon aise, je me couchai sur le côté, de sorte que mon visage était parallèle au sien, et il était debout à trois yards de moi seulement. D'ailleurs je l'ai tenu depuis bien des fois dans ma main et je ne peux, par conséquent, me tromper dans ma description.

Son costume était tout uni, et fort simple ; il tenait à la fois de la mode asiatique et de la mode européenne ; pourtant il portait sur la tête un léger casque d'or, orné de joyaux et surmonté d'un panache. Il avait son épée nue à la main, au cas où il m'arriverait de m'échapper. Cette épée avait presque trois pouces de long, la poignée était d'or serti de diamants. Sa voix était aigre, mais claire et distincte, et je pouvais l'entendre quand je me tenais debout.

Les dames et les courtisans étaient tous magnifiquement vêtus, de sorte que l'endroit où ils étaient me paraissait comme une jupe brodée de dessins d'or et d'argent.

Sa Majesté Impériale me parlait souvent et je lui répondais, mais aucun de nous deux n'était capable de comprendre l'autre.

Il y avait également plusieurs de ses prêtres et de ses hommes de loi (comme je m'en doutai à leur costume),

auxquels il ordonna de m'adresser la parole et je leur répondis dans tous les langages dont j'avais la moindre notion, à savoir le hollandais, le flamand, le latin, le français, l'espagnol, l'italien et la langue franque, mais cela ne servit à rien.

Au bout d'environ deux heures, la cour se retira et

l'on me laissa une forte garde pour empêcher l'imperti-
nence et probablement la malignité de la populace, qui
semblait très impatiente de se presser autour de moi, aussi
près qu'elle l'osait.

Quelques-uns eurent la méchanceté de me tirer des flèches
pendant que j'étais assis par terre, à la porte de ma maison,
et l'une d'elles faillit me crever l'œil gauche. Mais le colonel
fit arrêter six des meneurs, et pensa que le châtiment
le plus convenable consistait à les remettre tout gar-
rottés entre mes mains. Alors quelques soldats les poussèrent devant eux, avec la hampe de leurs piques, jusqu'à
ma portée.

Je les pris tous dans ma main droite et en mis cinq
dans ma poche. Pour le sixième, je fis mine de vouloir le
manger vivant. Le pauvre homme poussait des hurlements
terribles, et le colonel et ses officiers étaient fort en peine,
surtout quand ils me virent tirer mon canif.

Je fis bientôt cesser leur frayeur, car, après l'avoir regardé avec douceur, je coupai de suite les cordes qui le
garrottaient, et je déposai à terre, avec précaution. Il s'enfuit
au plus vite. Je traitai les autres de la même manière, en
les retirant un à un de ma poche. Je remarquai que les
soldats et le peuple semblaient enchantés de cette marque
de ma clémence, qui fut rapportée à la cour, tout à mon
avantage.

A la nuit tombante, je rentrai avec quelque difficulté
dans ma maison, où je m'étendis sur le sol, ce que je continuai à faire pendant près de quinze jours, pendant que
l'on me préparait un lit, sur les ordres de l'Empereur.

Six cents matelas de grandeur ordinaire (pour les Lilliputiens) furent apportés dans des voitures et préparés chez
moi ; cent cinquante, cousus ensemble, firent pour la largeur et la longueur et on les doubla quatre fois. C'est à

peine cependant si cette couchette réussissait à me protéger
contre la dureté des pierres polies dont mon habitation
était pavée. On me fournit aussi, dans une égale proportion,
de draps, de couvertures et de couvre-pieds, bien tolérables
pour quelqu'un qui était habitué, depuis longtemps, aux
plus rudes fatigues.

Comme la nouvelle de mon arrivée s'était répandue
dans tout le royaume, elle attira un nombre prodigieux de
riches, d'oisifs et de curieux, désireux de me voir, si bien
que les villages étaient presque déserts et la culture aussi
bien que les affaires domestiques en auraient souffert, si Sa
Majesté impériale n'avait paré à ce danger par ses édits et
décrets.

L'Empereur ordonna que ceux qui m'avaient déjà vu
retourneraient chez eux, et qu'il leur serait interdit d'approcher à plus de cinquante mètres de ma maison, sans
permission spéciale de la cour, que l'on ne pouvait obtenir
des secrétaires d'État qu'en payant des droits très élevés.

Pendant ce temps-là l'Empereur tenait de fréquents
conseils, où l'on débattait le parti à prendre à mon égard et
j'appris depuis par un ami particulier, un personnage de
grande qualité, qui était dans le secret plus que personne,
que la cour se trouva en présence de très grandes difficultés en ce qui me concernait. On appréhendait que je bri-
sasse mes chaînes, ou que les frais de ma nourriture devenant trop coûteux ne finissent par occasionner une famine.

Quelquefois, on émettait l'avis de me laisser mourir de
faim, ou tout au moins de me lancer au visage et aux
mains des flèches empoisonnées, au moyen desquelles on
se serait vite débarrassé de moi; mais, d'autre part, on
considérait que la putréfaction d'un aussi gros cadavre
pourrait amener la peste dans la capitale, et de là très probablement se répandre dans tout le royaume.

Au cours de ces délibérations plusieurs officiers de l'armée se présentèrent à la porte du Grand Conseil, et deux d'entre eux, ayant été admis, rendirent compte de ma conduite à l'égard des six criminels mentionnés plus haut, ce qui fit une impression si favorable sur l'esprit de Sa Majesté et sur tout le conseil, qu'un décret impérial fut aussitôt publié, obligeant tous les villages, compris dans un rayon de neuf cents yards autour de la cité, à livrer chaque matin, six bœufs, quarante moutons et d'autres provisions, pour mon entretien ; aussi une quantité proportionnée de pain, de vin et d'autres liqueurs, pour le juste paiement de quoi Sa Majesté délivra des bons sur sa cassette particulière, car le prince vit principalement des revenus de ses domaines personnels, et ce n'est que très rarement, dans les grandes occasions, qu'il lève des impôts sur ses sujets, lesquels sont tenus de le suivre à la guerre à leurs frais.

On désigna également, pour me servir de domestiques, six cents personnes auxquelles on accorda des appointements pour leurs frais d'entretien et que l'on logea dans des tentes confortables dressées de chaque côté de ma porte.

Trois cents tailleurs reçurent aussi l'ordre de me faire un costume à la mode du pays, et six des plus grands savants de Sa Majesté furent délégués pour m'enseigner leur langue. Enfin, il fut décidé que les chevaux de l'Empereur, ceux de la noblesse et des escadrons des gardes, feraient souvent l'exercice devant moi pour les accoutumer à ma vue.

Tous ces ordres furent ponctuellement exécutés. Au bout de trois semaines, j'avais fait de grands progrès dans la connaissance de leur langue et pendant ce temps-là l'Empereur m'honora fréquemment de ses visites et prenait plaisir à aider mes professeurs à m'instruire.

Nous commencions déjà à pouvoir converser ensemble et les premiers mots que j'appris furent pour lui exprimer le désir que j'avais qu'il me rendît ma liberté, ce que je lui demandais chaque jour à genoux. Autant que je pouvais comprendre, sa réponse était que cela devait être une affaire de temps, et ne pouvait se décider sans l'avis de son conseil ; je devais commencer par « *Lumos kelmin pesso desmar lon emposo* », c'est-à-dire à rester en paix avec lui et avec son royaume.

En attendant, je serais traité avec bienveillance. Il me conseilla de gagner par ma patience et ma bonne conduite sa confiance et celle de ses sujets. Il me pria de ne point lui en vouloir, s'il donnait ordre à certains officiers spéciaux de me fouiller, car vraisemblablement je devais porter sur moi différentes armes, qui ne pouvaient manquer d'être très dangereuses, si elles étaient en **proportion** avec la taille prodigieuse de ma personne.

Je répondis que Sa Majesté serait satisfaite, car j'étais tout prêt à me dévêtir et à retourner mes poches devant elle, ce que j'exprimai moitié en paroles et moitié par gestes.

Il répliqua que les lois de l'empire exigeaient que je fusse visité par deux de ses officiers, qu'il savait fort bien que cela ne pouvait être accompli sans mon consentement et ma bonne volonté, mais qu'il avait une si haute opinion de ma générosité et de ma droiture, qu'il n'éprouvait aucune hésitation à confier leurs personnes entre mes mains ; que tout ce qu'ils pourraient saisir me serait rendu lorsque je quitterais le pays, ou remboursé d'après l'évaluation que j'en aurais faite.

Je pris les deux officiers dans mes mains, et les mis d'abord dans les poches de mon habit, puis dans toutes mes autres poches, à l'exception de mes deux goussets et une autre poche secrète que je ne tenais pas à laisser examiner

5

et dans laquelle se trouvaient quelques objets sans importance, n'ayant de valeur que pour moi.

Dans une de mes poches, il y avait une montre d'argent
et dans l'autre quelques pièces d'or dans une bourse.

Comme ces Messieurs
avaient sur eux des plumes,
de l'encre et du papier, ils
dressèrent un inventaire
exact de tout ce qu'ils virent,
et lorsqu'il fut achevé, ils
me prièrent de les mettre à
terre, afin qu'ils pussent
soumettre ce document à l'Empereur.
Je le traduisis plus tard en anglais
et il était, mot pour mot, comme suit :

« *Imprimés*. — Dans la poche droite
de l'habit du grand « Homme-Montagne » (c'est ainsi que je traduisis
quinbus flestrin), après une perquisition des plus minutieuses, nous
n'avons trouvé qu'un grand morceau de toile grossière, assez
grand pour servir de tapis de
pied dans la principale salle
d'État de Votre Majesté.

« Dans la poche gauche, nous avons trouvé un grand coffre
en argent avec un couvercle du même métal, que nous,
commissaires, n'avons pu lever. Nous avons exprimé le
désir qu'il fût ouvert, et l'un de nous, étant entré dedans,
s'est enfoncé jusqu'aux genoux dans une sorte de pous-
sière, dont une partie, nous volant à la face, nous fit éternuer à plusieurs reprises.

« Dans la poche droite de la veste, nous avons trouvé un

paquet prodigieux de substances blanches et minces, repliées
l'une sur l'autre, environ de la grosseur de trois hommes,
attachées par un fort câble et marquées de figures noires,
que nous supposons humblement être de l'écriture; chaque
lettre est presque à moitié aussi large que la paume de nos
mains. Dans la gauche, il y avait une sorte de machine au

haut de laquelle étaient fixées vingt longues perches ressemblant aux palissades qui se trouvent devant la cour de
Votre Majesté. Nous avons supposé que l'Homme-Montagne
s'en sert pour se peigner, car nous ne l'avons pas trop
pressé de questions, éprouvant beaucoup de difficulté à nous
faire comprendre de lui.

« Dans la grande poche du côté droit de son *couvre-milieu*
(c'est ainsi que je traduis le mot *ranfu-lo*, par lequel ils
voulaient désigner ma culotte), nous avons vu un pilier de
fer creux, à peu près de la hauteur d'un homme, fixé à

une grosse pièce de bois plus large que le pilier, et, sur un côté du pilier, il y avait de grosses pièces de fer en relief, de forme étrange; nous n'avons pu déterminer ce que cela pouvait être.

« Dans la poche gauche, une autre machine du même genre.

« Dans la plus petite poche du côté droit, il y avait plusieurs pièces rondes et plates de métal blanc et rouge et de grosseur différente; quelques-unes des pièces blanches, qui nous ont paru être de l'argent, étaient si larges et si pesantes, que c'est à peine si mon camarade et moi pouvions les soulever.

« Dans la poche gauche il y avait deux piliers noirs de forme irrégulière; nous ne pouvions que difficilement en atteindre le haut, lorsque nous étions au fond de sa poche. L'un d'eux était recouvert et paraissait d'une seule pièce, mais à l'extrémité supérieure de l'autre apparaissait une substance blanche et ronde, grosse environ deux fois comme nos têtes. Dans chacun de ces piliers était enfermée une prodigieuse plaque d'acier, que nous lui ordonnâmes de nous montrer, parce que nous redoutions que ce ne fussent des engins dangereux. Il les sortit de leurs étuis et nous dit que dans son pays on avait l'habitude de raser sa barbe avec l'un et de couper sa viande avec l'autre.

« Il y avait deux poches dans lesquelles nous n'avons pas pu entrer; il les appelait ses goussets, et c'étaient deux grandes fentes coupées dans le haut de son couvre-milieu, mais maintenues bien fermées par la pression de son ventre. En dehors du gousset droit pendait une grande chaîne d'argent avec une espèce de machine merveilleuse au bout. Nous lui avons commandé de tirer tout ce qui était au bout de cette chaîne; cela paraissait être un globe, moitié d'argent et moitié de quelque métal transparent, car de ce dernier côté nous avons vu certaines figures étranges tracées circulairement, que nous pensions pouvoir toucher, lorsque nos doigts ont été arrêtés par cette substance translucide.

« Il mit cette machine à nos oreilles et elle faisait un tic tac continuel comme celui d'un moulin à eau. Nous supposons que c'est quelque animal inconnu, ou bien le dieu qu'il adore; mais nous penchons plus du côté de la dernière opinion, parce qu'il nous a assuré (si nous l'avons bien compris, car il s'exprimait très imparfaitement) qu'il faisait rarement quelque chose sans le consulter. Il l'appelait son oracle et disait qu'il désignait le temps pour chaque action de sa vie.

« Du gousset gauche il tira un filet presque assez grand pour un pêcheur, mais combiné pour s'ouvrir et se fermer comme une bourse, et qui lui servait à cet usage; nous y avons trouvé plusieurs pièces massives d'un métal jaune, qui, si c'est de véritable or, doivent avoir une immense valeur.

« Ayant ainsi, en obéissance aux ordres de Votre Majesté, soigneusement fouillé toutes ses poches, nous avons observé autour de son corps une ceinture faite de la peau de quelque animal prodigieux, à laquelle pendait, du côté gauche, une épée de la longueur de cinq hommes, et, du côté droit, un sac ou une poche partagée en deux compartiménts pouvant contenir chacun trois sujets de Votre Majesté.

« Dans un de ces compartiments, il y avait plusieurs globes ou balles d'un métal très pesant, environ de la grosseur de notre tête, et qui exigeaient une main très forte pour les soulever.

« L'autre compartiment contenait un tas de certaines graines noires, mais peu grosses et légères, car nous en pouvions tenir plus de cinquante dans le creux de nos mains.

» Tel est l'inventaire exact de tout ce que nous avons trouvé sur le corps de l'Homme-Montagne, qui nous a traités avec une grande civilité et le respect dû aux commissaires de Votre Majesté. Signé et scellé le quatrième jour de la quatre-vingt-neuvième lune de l'heureux règne de Votre Majesté.

« Clefrin FRELOCK, Marsi FRELOCK. »

Après que l'on eut donné lecture de cet inventaire à l'Em-pereur, il m'ordonna en termes très courtois de remettre tous ces objets. Il commença par me demander mon sabre, dont je me débarrassai avec son fourreau et le reste. En même temps il ordonna à trois mille hommes de ses troupes d'élite (qui l'accompagnaient en cette occasion) de l'entourer à quelque distance avec leurs arcs et leurs flèches prêtes à partir, mais je ne m'en aperçus pas, parce que mes yeux étaient fixés sur Sa Majesté.

Il me pria ensuite de tirer mon sabre, qui, bien que légè-rement rouillé par l'eau de mer, était presque partout extrê-mement luisant. Je le fis, et aussitôt tous les gardes pous-sèrent de grands cris de surprise et de terreur, car le soleil étant très brillant, le scintillement de mon sabre pendant que je le brandissais de côté et d'autre éblouissait leurs yeux.

Sa Majesté, qui est un prince très magnanime, ne parut pas aussi effrayé que je m'y serais attendu; il m'ordonna de remettre le sabre dans son fourreau et de le lancer à terre aussi doucement que je pourrais, à environ six pieds de distance de ma chaîne.

J'avertis l'empereur de ne pas s'effrayer, puis je tirai en l'air (p. 47).

La première chose qu'il me demanda ensuite fut un des piliers de fer creux, par lesquels il entendait mes pistolets de poche. Je le présentai, et sur son désir je lui en expliquai l'usage aussi bien que je pus, et, le chargeant à poudre seulement, — car l'exacte fermeture de mon sac avait empêché ma poudre d'être mouillée, et c'est là un inconvénient contre lequel tous les marins se précautionnent soigneusement, — j'avertis d'abord l'empereur de ne pas s'effrayer, — puis je tirai en l'air.

L'étonnement cette fois fut beaucoup plus grand que celui occasionné par la vue de mon sabre. Des centaines tombèrent à terre comme s'ils avaient été mortellement frappés, et l'Empereur lui-même, bien qu'il fût resté debout, ne se remit qu'après quelque temps.

Je rendis mes deux pistolets de la même façon que j'avais livré mon sabre et ensuite mon sac à poudre et mes balles, en lui recommandant de tenir la poudre éloignée du feu, parce qu'elle s'enflammerait à la moindre étincelle et ferait sauter en l'air son palais impérial.

Je remis également ma montre, que l'Empereur était très curieux d'examiner, et il commanda à deux des plus grands soldats de sa garde de la porter sur leurs épaules, suspendue à un fort bâton, comme font les charretiers des brasseurs en Angleterre pour porter un baril de bière. Il était émerveillé du bruit continuel qu'elle faisait et de la marche de la grande aiguille dont il pouvait sans peine suivre le mouvement, car leur vue est bien meilleure que la nôtre. Il demanda sur le sujet l'opinion de ses savants, qui donnèrent différentes explications, toutes éloignées de la vérité, comme le lecteur doit bien le penser sans que j'aie besoin d'insister. Je dois cependant reconnaître que je ne les compris pas très bien.

Je donnai ensuite ma monnaie d'argent et de cuivre, ma bourse avec neuf grosses pièces d'or et quelques autres plus petites : mon couteau et mon rasoir, mon peigne et ma tabatière en argent, mon mouchoir et mon journal. Mon sabre, mes pistolets furent transportés sur des voitures dans les arsenaux de Sa Majesté, mais les autres objets me furent rendus.

J'avais, ainsi que je l'ai fait observer plus haut, une poche particulière qui échappa aux recherches et dans laquelle il y avait une paire de lunettes (dont je me sers quelquefois à cause de la faiblesse de ma vue), un télescope de poche et quelques autres petits ustensiles qui n'avaient aucune importance pour l'Empereur et que je ne me crus pas engagé à déclarer, appréhendant qu'ils ne fussent perdus ou abîmés si je venais à m'en dessaisir.

CHAPITRE III

L'auteur amuse l'Empereur et la noblesse des deux sexes d'une façon
fort extraordinaire. Description des divertissements de la cour de
Lilliput. L'auteur obtient sa liberté à certaines conditions.

A douceur et ma bonne conduite avaient produit une si bonne impression sur l'Empereur
et sa cour, ainsi que sur l'armée et le peuple
en général, que je commençais à espérer
d'obtenir ma liberté avant peu de temps.

Les naturels arrivaient par degrés à ne plus redouter
aucun danger de ma part. Quelquefois je m'étendais à
terre et j'en laissais cinq ou six danser sur ma tête, et finalement les filles et les garçons s'aventurèrent à venir jouer
à cache-cache dans mes cheveux. J'avais fait maintenant de
grands progrès dans la connaissance de leur langue et
pouvais la parler.

L'Empereur voulut un jour me régaler de plusieurs amu-
sements du pays, en quoi ce peuple surpasse toutes les
nations que j'ai connues, aussi bien pour la dextérité que

pour la magnificence. Aucun ne me divertit autant que
celui des danseurs de corde, exécuté sur un mince fil blanc,
long d'environ deux pieds, à douze pouces d'élévation du
sol, et je prendrai la liberté de mettre à contribution la
patience du lecteur pour insister un peu sur cet exercice.

Ce divertissement n'est pratiqué que par les personnes
qui aspirent aux grands emplois et aux plus hautes faveurs
de la cour. Ils sont formés à cet art dès leur jeunesse et ne
sont pas toujours de naissance noble ou n'ont pas toujours
reçu une éducation libérale. Quand une grande charge est
vacante par suite d'un décès ou d'une disgrâce (ce qui
arrive souvent), cinq ou six candidats adressent leur
requête à l'Empereur pour divertir Sa Majesté et sa cour
avec une danse sur la corde, et celui qui saute le plus haut,
sans tomber, obtient la charge.

Très souvent les principaux ministres eux-mêmes reçoivent l'ordre de montrer leur habileté pour convaincre l'Empereur qu'ils n'ont rien perdu de leur talent.

Flimnap, le ministre des finances, a la réputation de faire
sur la corde raide une cabriole plus haute d'au moins un
pouce que tout autre seigneur de l'empire. Je l'ai vu faire plusieurs fois de suite le saut périlleux sur un tremplin fixé à
une corde pas plus grosse que la ficelle ordinaire d'Angleterre. Mon ami Reldresal, principal secrétaire des affaires
privées, est à mon avis, si je ne suis pas partial, le second
après le trésorier; les autres grands officiers se valent à
peu près.

Ces divertissements sont souvent accompagnés d'accidents
funestes, et un grand nombre d'entre eux sont consignés
dans les annales. J'ai vu deux ou trois candidats se briser
un membre. Mais le danger est beaucoup plus grand lorsque les ministres eux-mêmes reçoivent l'ordre de montrer
leur adresse; car, en s'efforçant de se surpasser et d'éclipser

leurs collègues, ils s'escriment à de tels efforts que c'est à peine si l'un d'eux n'a pas fait une chute, et quelques-uns

d'entre eux en ont fait deux ou trois.

On m'a assuré qu'un an ou deux avant mon arrivée, Flimnap se serait infailliblement cassé le cou, si l'un des coussins de l'Empereur qui se trouvait fortuitement sur le sol n'avait amorti la violence de sa chute.

Il y a également un autre divertissement qui n'est représenté que devant l'Empereur, l'Impératrice et le premier ministre, en certaines occasions. L'Empereur place sur la table trois fils de soie très déliés, longs de six pouces; l'un est bleu, l'autre rouge et le troisième vert. Ces fils sont proposés en prix aux personnes que l'Empereur a l'intention de distinguer par une marque particulière de sa faveur.

La cérémonie a lieu dans la grande salle d'État de Sa Majesté, où les candidats sont soumis à un concours de dextérité, très différente de l'autre, et telle que je n'ai jamais observé rien qui lui ressemblât dans aucun pays de l'ancien ou du nouveau·continent.

L'Empereur tient un bâton dans ses mains, les deux bouts parallèles à l'horizon, pendant que les candidats, s'avançant un par un, parfois sautent par-dessus le bâton, parfois se glissent en dessous, en avant et en arrière, à plusieurs reprises, suivant que le bâton s'avance ou se retire. Quelquefois l'Empereur tient un bout du bâton et son premier ministre l'autre; quelquefois le ministre le tient tout seul.

Celui qui joue son rôle avec le plus d'agilité et reste le plus longtemps à sauter et à ramper, est récompensé avec le cordon de soie bleue. Le rouge est donné au second et le vert au troisième. Tous le portent roulé deux fois autour de la taille et vous voyez peu de grands personnages de cette cour qui ne soient ornés de ces ceintures.

Les chevaux de l'armée et ceux des écuries royales ayant été journellement placés devant moi ne s'effrayaient plus, mais arrivaient jusqu'à mes pieds sans se cabrer. Les cavaliers les dressaient à sauter par-dessus ma main pendant que je la tenais à plat sur le terrain et l'un des piqueurs de l'Empereur, monté sur un cheval de haute taille, franchit mon pied, soulier et tout, ce qui était véritablement un saut prodigieux.

J'eus la bonne fortune de divertir l'Empereur un jour d'une façon fort extraordinaire. J'exprimai le désir qu'il commandât de me faire apporter plusieurs bâtons de deux pieds de haut et de la grosseur d'une canne ordinaire, sur quoi Sa Majesté ordonna à son Maître des forêts de prendre des mesures en conséquence, et le lendemain matin six gardes forestiers arrivèrent avec autant de chariots attelés de huit chevaux chacun. Je pris neuf de ces bâtons et les fichai solidement dans le sol de façon à former une figure quadrangulaire de deux pieds et demi carrés ; j'en pris ensuite quatre autres que j'attachai parallèlement entre eux, à chaque coin, à environ deux pieds du sol ; ensuite j'attachai mon mouchoir aux neuf bâtons qui étaient dressés debout et le tirai de tous les côtés jusqu'à ce qu'il fût aussi tendu que la peau d'un tambour ; les quatre bâtons parallèles qui s'élevaient d'environ cinq pouces au-dessus du mouchoir, servaient de parapets de chaque côté.

Lorsque j'eus terminé mon travail, je priai l'Empereur de permettre à un peloton de ses meilleurs cavaliers, au nombre de vingt-quatre, de venir manœuvrer sur cette plaine.

Sa Majesté approuva la proposition et je les pris dans ma main, un par un, tout montés et équipés, de même que les officiers chargés de diriger les manœuvres.

Dès qu'ils furent placés en rangs, ils se divisèrent en deux camps, firent la petite guerre d'escarmouches, décochant des flèches émoussées, tirant leurs sabres, se sauvant et se poursuivant, attaquant et battant en retraite, en somme déployant la plus belle discipline militaire que j'aie jamais admirée. Les bâtons parallèles les empêchaient, eux et leurs montures, de tomber du lieu de l'action. L'Empereur fut si enchanté qu'il ordonna de répéter cet exercice pendant plusieurs jours et voulut même une fois être enlevé à son tour pour diriger les commandements. Il eut beaucoup de difficulté à décider l'Impératrice à me laisser la tenir dans sa chaise fermée à deux yards de la scène d'où elle pouvait avoir une vue complète de toute la représentation. J'eus la bonne fortune qu'aucun accident n'arrivât dans le cours de ces divertissements.

Une fois seulement un cheval fougueux appartenant à un des capitaines, en piaffant fit un trou dans mon mouchoir, et, son pied ayant glissé, il tomba avec son cavalier, mais je les relevai aussitôt l'un et l'autre, et, bouchant le trou d'une main, de l'autre je descendis les soldats à terre de la même façon que je les avais montés. Le cheval qui était tombé s'était démis l'épaule gauche, mais le cavalier ne fut pas blessé. Je raccommodai mon mouchoir aussi bien que je pus, mais je ne voulus plus me fier à sa solidité pour d'aussi dangereux exercices.

Deux ou trois jours à peu près avant ma mise en liberté, pendant que j'amusais la cour avec ce genre de représentations, il arriva un messager pour informer Sa Majesté que quelques-uns de ses sujets en passant à cheval près de l'endroit où l'on m'avait fait prisonnier, avaient vu une grande substance noire gisant à terre, de forme extraordinaire, avec des bords circulaires, couvrant un espace aussi grand que la chambre de Sa Majesté et s'élevant au milieu de la hauteur d'un homme.

Ce n'était pas une créature animée, comme ils l'avaient d'abord supposé, car l'objet restait sur l'herbe sans mouvement; quelques-uns en avaient fait plusieurs fois le tour en marchant, et, en montant sur les épaules les uns des autres, ils avaient atteint le haut qui était plat et uni; puis, en piétinant dessus, ils avaient reconnu qu'il était creux à l'intérieur. A leur humble avis, ce devait être quelque objet appartenant à l'Homme-Montagne, et, si cela convenait à Sa Majesté, ils se faisaient fort de l'amener avec seulement cinq chevaux.

Je compris de suite ce qu'ils voulaient dire et me réjouis du fond du cœur de cette nouvelle.

Il semble qu'aussitôt en arrivant à la côte après notre naufrage, mon trouble était tel qu'avant d'arriver à l'endroit où je m'étais endormi, mon chapeau, que je m'étais attaché à la tête avec un cordon pendant que je ramais et qui y était resté fixé durant tout le temps que je nageais, était tombé lorsque j'arrivai à terre; je suppose que le cordon se sera cassé par suite de quel que accident, que je n'obser vai pas, mais je pensais a lors que mon chapeau s'é tait perdu en mer.

Je priai Sa Majesté de donner des ordres pour qu'on me l'apportât le plus tôt pos sible, lui en décrivant l'usage et la nature, et le lende- main les voi turiers me le rap- portèrent, mais pas en très bon état.

Ils avaient percé deux trous dans les ailes à deux pouces

et demi du bord, et fixé deux crochets dans ces trous ; ces crochets étaient attachés aux harnais par une longue corde et mon chapeau fut ainsi traîné pendant un peu plus d'un demi-mille anglais. Heureusement que dans ce pays le terrain est excessivement doux et uni, de sorte qu'il était moins abîmé que je ne m'y attendais.

Deux jours après, l'Empereur ayant ordonné que son corps d'armée formant la garnison de la capitale et des environs soit tout prêt, imagina de se divertir d'une façon très originale. Il me demanda de me tenir debout comme un colosse, les jambes aussi écartées qu'il m'était possible de le faire.

Après, il ordonna à son général — vieux capitaine expérimenté, et, en même temps, un de mes dévoués protecteurs — de ranger ses troupes en pelotons serrés et de les faire défiler sous moi, les fantassins par alignement de vingt-quatre et les cavaliers par rangs de seize, tambours battants, drapeaux flottants et piques en tête. Ce corps d'armée comprenait trois mille fantassins et mille cavaliers.

Sa Majesté avait donné des ordres d'après lesquels il était enjoint à chaque soldat de ne se permettre aucune remarque irrévérencieuse à mon égard. Cela n'empêcha cependant pas quelques jeunes officiers de lever les yeux en passant au-dessous de moi, et je dois avouer que mes culottes étaient alors dans un si piteux état qu'il y avait de quoi les faire rire.

J'avais envoyé tant de mémoires et de pétitions pour ma liberté, qu'à la fin Sa Majesté mentionna l'affaire d'abord en conseil de cabinet, puis en plein Conseil d'État. Personne n'y fit opposition — à l'exception de Skyresh Bolgolam, auquel il plaisait, sans que je lui eusse jamais rien fait, d'être mon mortel ennemi. — Mais, en dépit de tous ses efforts, la presque unanimité de l'assemblée se prononça

en ma faveur et cette décision fut ratifiée par l'Empereur.
Skyresh Bolgolam était *galbet*, c'est-à-dire ministre de la
marine; il avait toute la confiance de son maître, était bien
au courant des affaires, mais son caractère était acerbe et
fantasque.

Cependant il fut à la fin obligé de se soumettre, mais il
obtint que les articles réglant les conditions auxquelles je

devais être mis en liberté — après les avoir acceptées sous
serment — seraient rédigés par lui.

Ces articles me furent apportés par Skyresh Bolgolam en
personne, assisté de deux sous-secrétaires et de plusieurs
personnages de distinction.

Après m'en avoir donné lecture, on me demanda d'en
promettre l'observation par serment, prêté d'abord à la
façon de mon pays, et, ensuite, d'après les règlements
prescrits par leurs lois, à savoir : tenir mon pied droit dans

la main gauche, mettre le doigt du milieu de ma main droite sur le sommet de la tête et mon pouce en haut de l'oreille droite.

Comme le lecteur peut être curieux d'avoir une idée approximative du style de ce peuple et de la façon particulière dont il exprime ses pensées, en même temps qu'il apprendra les conditions auxquelles je fus remis en liberté, j'ai traduit ce document dans son entier, mot pour mot, — aussi bien qu'il m'a été possible, — et je viens l'offrir au public :

« Golbasto Momarem Evalme Gurdilo Sbefin Mully Ully Gue, très puissant Empereur de Lilliput, délices et terreur de l'univers, dont les États s'étendent cinq mille *blustrugs* (environ douze milles de circonférence), aux extrémités du globe; monarque de tous les monarques; plus grand que les fils des hommes, dont les pieds touchent le centre de la terre et dont la tête atteint le soleil, qui d'un signe de tête fait trembler les princes de la terre; aimable comme le Printemps, agréable comme l'Été, abondant comme l'Automne, terrible comme l'Hiver. Sa Très Sublime Majesté propose à l'Homme-Montagne, récemment arrivé dans nos célestes États, les articles suivants qu'il s'engagera à observer par un serment solennel :

« I. — L'Homme-Montagne ne quittera pas notre territoire sans notre permission portant l'apposition de notre sceau.

« II. — Il ne se permettra pas d'entrer dans notre capitale sans notre ordre exprès, et, dans ce cas, les habitants seront avertis deux heures à l'avance d'avoir à se tenir renfermés chez eux.

« III. — Ledit Homme-Montagne bornera ses promenades à nos principales grandes routes et évitera de se promener ou de se coucher dans les prairies ou dans les champs de blé.

« IV. — Dans ses promenades sur lesdites routes, il
prendra le plus grand soin de ne fouler aux pieds le corps
d'aucun de nos affectionnés sujets, non plus que leurs
chevaux ou voitures ; il ne devra prendre aucun de nos
sujets dans ses mains sans leur consentement.

« V. — Si un courrier doit délivrer un message avec
une rapidité extraordinaire, l'Homme-Montagne sera obligé
de le porter dans sa poche, lui et son cheval, pendant six
journées, une fois chaque lune, et — s'il en est requis —
de remettre le courrier sain et sauf en présence de Notre
Impériale Majesté.

« VI. — Il sera notre allié contre nos ennemis de l'île de
Berescu et fera tous ses efforts pour anéantir leur flotte
qui se prépare maintenant à nous envahir.

« VII. — Ledit Homme-Montagne, à ses heures de loisir,
prêtera son concours à nos ouvriers, pour les aider à lever
certaines grosses pierres destinées à achever les murailles
de notre principal parc et d'autres de nos bâtiments royaux.

« VIII. — Ledit Homme-Montagne, dans le cours de deux
lunes, devra avoir établi un relevé exact de la circonférence
de nos Etats, en faisant le calcul du nombre de ses pas
autour de notre côte.

« Finalement, après avoir fait le serment solennel d'observer les articles ci-dessus, ledit Homme-Montagne aura
droit à recevoir une provision journalière de viande et de
boisson suffisante pour la subsistance de 1,724 de nos sujets,
avec libre accès auprès de notre impériale personne et
autres marques de notre faveur.

« Donné en notre Palais à Belfagorac, le douzième
jour de la quatre-vingt-onzième lune de notre règne. »

Je prêtai serment et souscrivis à tous ces articles avec
beaucoup de joie et de satisfaction, bien que quelques-uns
d'entre eux ne fussent pas aussi honorables que je l'eusse

F. COURBOIN.

souhaité, ce qui provenait uniquement de la malignité de Styresh Bolgolam, le grand amiral.

Aussitôt, on ouvrit les cadenas de mes chaînes et je fus mis en pleine liberté. L'Empereur me fit l'honneur d'être à mes côtés pendant toute la cérémonie. Je témoignais ma reconnaissance en me prosternant aux pieds de Sa Majesté, mais l'Empereur me commanda de me relever, et après des paroles des plus gracieuses, que je ne répéterai pas pour ne pas encourir le reproche de vanité, il ajouta qu'il espérait que je me comporterais en serviteur utile et que je saurais mériter toutes les faveurs qu'il m'avait déjà accordées ou qu'il pourrait m'accorder à l'avenir.

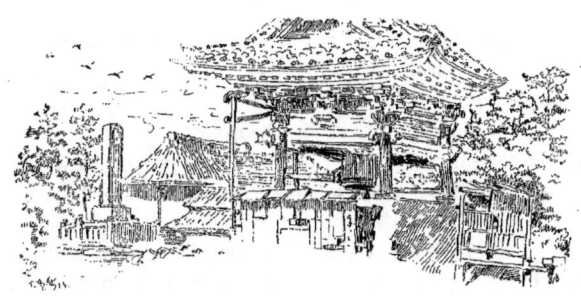

CHAPITRE IV

Description de Mildendo, capitale de Lilliput, et du palais de l'Empereur. Conversation entre l'auteur et un premier secrétaire d'État relativement aux affaires de l'empire. L'auteur offre de servir l'Empereur dans ses guerres.

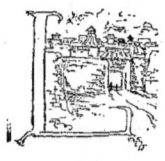A première requête que j'adressai après ma mise en liberté fut pour obtenir de voir Mildendo, la capitale, ce que l'Empereur m'accorda gracieusement, mais avec la recommandation spéciale de ne pas faire de mal à aucun de ses habitants, ni d'abîmer aucune de leurs maisons.

Le peuple fut informé par proclamation de mon intention de traverser la ville. La muraille qui l'entourait avait deux pieds de haut et au moins onze pouces de large de sorte que voitures et cavaliers pouvaient y circuler librement ; elle était flanquée de grosses tours construites à une distance de dix pieds les unes des autres.

Je passai par-dessus la grande porte de l'Ouest, marchant très doucement et de côté à travers les deux principales rues, vêtu seulement de mon pourpoint, de peur d'endommager les chaîneaux des toits et les gouttières, avec les basques de mon justaucorps.

J'allais avec la plus grande circonspection pour éviter d'écraser les gens attardés dans les rues, bien que les ordres les plus stricts eussent été donnés à chacun de rester chez soi à ses risques et périls. Les fenêtres des mansardes et les toits des maisons étaient tellement bondés de spectateurs que je ne crois pas avoir vu dans tous mes voyages un endroit plus populeux.

La ville forme un carré exact, chaque côté de la muraille ayant cinq cents pieds de long. Les deux grandes rues qui se croisent et la partagent en quatre quartiers, ont cinq pieds de large. Les ruelles et les passages dans lesquels je ne pouvais entrer, mais que je pus regarder en passant, ont de douze à dix-huit pouces de largeur.

La ville peut contenir cinq cent mille âmes. Les maisons ont de trois à cinq étages ; les boutiques et les marchés sont bien approvisionnés.

Le palais de l'Empereur est au centre de la ville où les deux grandes rues se rencontrent. Il est entouré d'une muraille de deux pieds de haut et à vingt pieds de distance des bâtiments. J'avais la permission de Sa Majesté de passer par-dessus cette muraille, et la largeur de l'espace qui la sépare du palais me permit de l'examiner facilement de tous les côtés.

La cour extérieure est un carré de quarante pieds et comprend deux autres cours. C'est dans la plus intérieure que sont les appartements impériaux, que j'avais un grand désir de voir ; mais je trouvai la chose très difficile, car les plus grandes portes, d'un square à l'autre, n'étaient que de dix-huit pouces de haut sur sept pouces de large.

De plus les bâtiments de la cour extérieure avaient au

moins cinq pieds de haut, et il m'était impossible de les enjamber sans causer de grands dommages à la masse du

bâtiment, bien que les murs fussent solidement construits en pierres de taille ayant quatre pouces d'épaisseur.

En même temps l'Empereur avait un grand désir que je visse la magnificence de son palais; mais je ne fus en mesure de le faire qu'après trois jours, que je dus employer à couper avec mon couteau quelques-uns des plus grands arbres du parc royal, à environ cent yards de la ville.

De ces arbres je fis deux tabourets, chacun de deux pieds de haut et assez forts pour supporter le poids de mon corps.

8

Le peuple ayant été averti une seconde fois, je me dirigeai de nouveau à travers la ville dans la direction du palais, tenant mes deux tabourets à la main. Je fis passer un tabouret par-dessus le toit et je descendis doucement à terre dans l'espace qui était entre la première et la seconde cour, espace ayant bien huit pieds de large.

Je passai ensuite très commodément par-dessus le palais, au moyen de mes deux escabeaux ; puis je retirai à moi le premier tabouret avec un bâton auquel j'avais fixé un crochet.

Grâce à cette invention, j'entrai jusque dans la cour la plus intérieure, où, après m'être couché sur le côté, j'appliquai mon visage à toutes les fenêtres du premier étage qu'on avait exprès laissées ouvertes, et je vis les appartements les plus splendides que l'on puisse imaginer.

Je pus aussi voir dans leurs salons l'Impératrice et les jeunes princesses entourées de leurs dames d'honneur.

Sa Majesté Impériale voulut bien m'honorer d'un sourire très gracieux et me donner par la fenêtre sa main à baiser.

Je ne m'étendrai pas davantage sur cette description, car ce serait anticiper sur un ouvrage plus considérable pour lequel je la réserve, ouvrage prêt à imprimer. Il contiendra une histoire générale de l'Empire, depuis sa fondation et à travers une longue succession de monarques ; une étude particulière de leurs guerres, de leur politique, de leurs lois, de leurs sciences et de leur religion. Je parlerai aussi de leurs plantes, de leurs animaux, de leurs mœurs et coutumes ; enfin d'autres sujets très curieux et très utiles.

Pour le moment, j'ai seulement pour principal objet de raconter les événements et les affaires de nature à intéresser le public ou moi, pendant le séjour d'environ neuf mois que je fis dans ce pays.

Un matin, quinze jours environ après que j'eus obtenu

Reldresal me pria de lui accorder une heure d'entretien... (p. 63).

ma liberté, Reldresal, secrétaire principal pour les affaires privées (c'est le titre qu'on lui donne), se présenta chez moi, accompagné d'un seul serviteur. Il ordonna de faire attendre son carrosse à quelque distance et me pria de lui accorder une heure d'entretien. J'y consentis très volontiers en raison de son rang et des bons services qu'il m'avait rendus pendant que je sollicitais à la cour. Je lui offris de me coucher afin qu'il pût être au niveau de mon oreille, mais il préféra me laisser le tenir dans ma main pendant la conversation.

Il commença par me complimenter sur ma mise en liberté, disant qu'il pouvait se flatter d'y avoir contribué, mais il ajouta cependant que, sans l'état actuel des affaires de la cour, je ne l'eusse peut-être pas si tôt obtenue.— Car, dit-il, si florissant que puisse paraître notre État aux étrangers, nous souffrons de deux maux redoutables : une faction violente à l'intérieur, et, à l'extérieur, le danger d'une invasion dont nous sommes menacés par un ennemi formidable. A l'égard du premier, il faut que vous sachiez que depuis plus de soixante et dix lunes, il existe deux partis opposés dans cet Empire, sous les noms de *Tramecksan* et de *Slamecksan*, ainsi dénommés à cause des talons hauts ou des talons bas de leurs souliers, par lesquels ils se distinguent.

On prétend, il est vrai, que les talons hauts sont plus conformes à notre ancienne constitution, mais quoi qu'il en soit, Sa Majesté a résolu de ne se servir que des talons bas dans l'administration du gouvernement et dans toutes les charges qui sont à la nomination de la couronne, comme vous ne pouvez manquer de l'observer ; vous avez aussi dû remarquer que les talons de Sa Majesté sont plus bas d'au moins un *drurr* que tous ceux de la cour. (Le *drurr* équivaut à environ la quatorzième partie d'un pouce). L'animosité entre ces deux partis s'est élevée à un tel degré, que les sectaires de l'un ne veulent ni manger, ni boire, ni parler avec les sectaires de l'autre.

Nous comptons que les *Tramecksan* ou talons hauts, nous sont supérieurs en nombre, mais le pouvoir est tout entier de notre côté. Nous appréhendons que Son Altesse Impériale, l'héritier présomptif de la couronne, n'ait quelque penchant pour les hauts talons; du moins il est facile de voir qu'un de ses talons est plus haut que l'autre : ce qui le fait clocher dans sa démarche.

Or, maintenant, au milieu de ces dissensions intestines, nous sommes menacés d'une invasion de la part de l'Ile de Blefuscu, qui est l'autre grand empire de l'univers, presque aussi grand et aussi puissant que celui de Sa Majesté.

Car, pour ce qui est de ce que nous avons entendu prétendre, qu'il y a d'autres empires, royaumes et États dans le monde, habités par des créatures aussi grosses et aussi grandes que vous, nos savants en doutent fort et aiment mieux supposer que vous êtes tombé de la lune ou des étoiles; car il est certain que cent mortels de votre grosseur consommeraient dans peu de temps tous les fruits et tous les bestiaux des États de Sa Majesté ; et, d'autre part, nos histoires qui comprennent une période de six mille lunes, ne font mention d'aucune autre région que des deux grands Empires de Lilliput et de Blefuscu.

Ces deux redoutables puissances ont, comme j'allais vous le dire, été engagées pendant trente-six lunes, dans une guerre acharnée qui a commencé dans les circonstances suivantes : tout le monde convient que la manière primitive de casser les œufs, avant de les manger, consiste à les casser par le gros bout; mais le grand-père de Sa Majesté actuelle, lorsqu'il était enfant, se coupa un doigt, en cassant, suivant le vieil usage, un œuf qu'il était sur le point de manger. Sur quoi l'Empereur, son père, publia un édit prescrivant à tous ses sujets, sous les peines les plus sévères, de casser les œufs par le petit bout. Le peuple se montra tellement irrité de cette loi, que nos historiens racontent qu'il y eut à cette occasion six révoltes dans lesquelles un Empereur perdit la vie et un autre la couronne.

Ces dissensions intestines ont toujours été fomentées par les souverains de Blefuscu, et, après la répression, les proscrits se réfugiaient toujours dans cet empire. On suppute que onze mille personnes ont, à différentes fois, aimé mieux souffrir la mort que de se soumettre à l'obligation de casser leurs œufs par le petit bout.

On a publié bien des centaines de gros volumes sur cette controverse, mais les livres des *Gros Boutiens* sont depuis longtemps défendus et la loi exclut tous les membres de ce parti de la participation aux emplois publics. Au cours de ces troubles, les souverains de Blefuscu ont souvent fait des remontrances par leurs ambassadeurs, nous accusant de créer un schisme religieux en violant un précepte fondamental de notre grand prophète, Lustrogg, dans le cinquante-quatrième chapitre du *Blundecral* — qui est leur Alcoran. Cependant on estime qu'il n'y a là qu'une simple interprétation du texte dont voici les mots : « Tous les fidèles cassent leurs œufs par le bout commode. »

Et quel est le bout commode ?

Dans mon humble opinion cela me paraît être laissé à la conscience de chacun, ou du moins à la décision du souverain magistrat. Pourtant, les *Gros Boutiens* exilés ont trouvé tant de crédit à la cour de l'empereur de Blefuscu et tant de secours et d'encouragement de la part de leur parti ici, dans notre empire même, que, depuis trente-six lunes, une guerre sanglante se fait entre les deux empereurs avec des succès divers.

Pendant cette période, nous avons perdu quarante vaisseaux de premier ordre et un bien plus grand nombre de navires plus petits, avec trente mille de nos meilleurs marins et soldats; on compte que le dommage causé à l'ennemi est un peu plus grand que le nôtre. Quoi qu'il en soit, ils viennent d'équiper une flotte nombreuse et se préparent à faire une descente chez nous. Or, Sa Majesté Impériale, ayant grande confiance en votre valeur et votre force, m'a commandé de vous faire cet exposé de l'état de ses affaires.

Je priai le secrétaire d'offrir mes humbles respects à l'Empereur et de lui faire savoir que j'estimais qu'il serait malséant, à moi étranger, de me mêler à des querelles de partis, mais que j'étais prêt, au péril de ma vie, à défendre sa personne et le territoire de l'empire contre les envahisseurs.

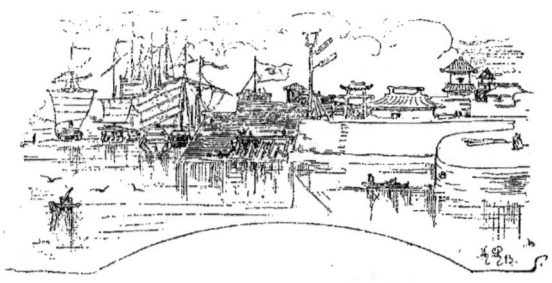

CHAPITRE V

L'auteur, par un stratagème extraordinaire, empêche une invasion. Un haut titre honorifique lui est conféré. Des ambassadeurs arrivent de la part de l'Empereur de Blefuscu pour demander la paix. Un accident met le feu aux appartements de l'Impératrice. L'auteur réussit à préserver le reste du palais.

'EMPIRE de Blefuscu est une île située au nord-est de Lilliput, dont elle n'est séparée que par un canal de huit cents yards de large. Je ne l'avais pas encore vue, et sur l'avis d'une invasion projetée, j'évitai de paraître de ce côté du rivage, de peur d'être découvert par quelques-uns des vaisseaux de l'ennemi, qui n'avait aucune connaissance de mon existence, toute relation entre les deux empires ayant été strictement défendue, sous peine de mort, et l'embargo mis par notre Empereur sur tous les vaisseaux, quels qu'ils fussent.

Je fis part à Sa Majesté d'un projet que j'avais formé pour capturer toute la flotte de l'ennemi, laquelle était, d'après les rapports de nos éclaireurs, à l'ancre dans le port, prête à mettre à la voile au premier vent favorable.

9

Je consultai les marins les plus expérimentés sur la profondeur du détroit qu'ils avaient souvent sondé, et ils me dirent qu'à marée haute il était profond de soixante-dix *glumpgluffs* au milieu — c'est-à-dire environ six pieds, d'après la mesure européenne — et ailleurs de cinquante *glumpgluffs* au plus.

J'allai vers la côte nord-est, en face de Blefuscu, et, me couchant derrière une colline, je sortis mon petit télescope pour examiner la flotte de l'ennemi à l'ancre; elle comprenait cinquante navires de guerre, à peu près, et un grand nombre de vaisseaux de transport.

Je revins ensuite chez moi et donnai des ordres (après m'être fait délivrer une autorisation à cet effet) pour que l'on me fournît une grande quantité de câbles, les plus forts qu'on pourrait, ainsi que des barres de fer.

Le câble était à peu près aussi gros qu'une ficelle ordinaire et les barres de la longueur et de la grosseur d'une aiguille à tricoter. Je triplai le câble pour le rendre plus fort, puis, pour la même raison, je tortillai ensemble trois des barres de fer, et pliai les extrémités en crochet.

Ayant ainsi fixé cinquante crochets à autant de câbles, je retournai à la côte nord-est, et, après avoir retiré mon habit, mes souliers et mes bas, j'entrai dans la mer, vêtu de mon gilet de cuir, environ une demi-heure avant le plein de la marée.

J'avançai, tant que j'avais pied, aussi vite que je pus, et dus nager au milieu pendant environ trente yards, jusqu'à ce que j'eusse retrouvé pied. J'arrivai à la flotte en moins d'une demi-heure.

Les ennemis furent si effrayés quand ils m'aperçurent qu'ils sautèrent hors de leurs vaisseaux et gagnèrent la rive à la nage; ils pouvaient bien être au nombre de trente mille. Je pris alors mon câble et fixant un crochet au trou de la proue de chaque vaisseau, j'attachai toutes les cordes ensemble à l'autre extrémité.

Pendant que j'étais ainsi occupé, l'ennemi décocha plusieurs milliers de flèches dont un grand nombre m'atteignirent aux mains et au visage, ce qui, en dehors de la douleur excessive qu'elles me causaient, me gênait beaucoup dans mon opération.

Ma plus grande appréhension était pour mes yeux, que j'aurais infailliblement perdus si je ne me fusse promptement avisé d'un expédient. J'avais gardé, entre autres petits objets utiles, une paire de lunettes, dans une poche cachée, qui, ainsi que je l'ai dit précédemment, avait échappé à la perquisition des commissaires de l'Empereur.

Je la sortis et la fixai sur mon nez aussi fortement que je pus, puis, ainsi armé, je continuai courageusement mon travail, en dépit des flèches des ennemis, dont un grand nombre venait frapper contre les verres de mes lunettes, mais sans autre effet que de les secouer un peu.

Ayant enfin fixé tous les crochets, je pris dans ma main le nœud de la corde et commençai à tirer, mais pas un des vaisseaux ne bougea, parce qu'ils étaient trop fortement retenus par leurs ancres, si bien que la partie la plus audacieuse de mon entreprise restait à accomplir.

Je lâchai donc la corde, et, laissant les crochets fixés aux navires, je coupai résolument avec mon couteau les câbles attachés aux ancres, recevant pendant cette opération près de deux cents flèches sur le visage et sur les mains; après quoi je repris le bout noué de la corde à laquelle mes crochets étaient attachés et tirai très aisément après moi cinquante des gros navires de guerre de l'ennemi.

Les Blefuscudiens qui n'avaient pas eu la moindre idée de ce que je projetais, furent tout d'abord confondus d'étonnement. Ils m'avaient vu couper les câbles et pensaient que mon dessein était seulement de laisser les vaisseaux aller à la dérive ou de les faire heurter les uns contre les autres; mais quand ils aperçurent toute la flotte s'éloigner en ordre et qu'ils me virent tirer à un bout, ils poussèrent un tel cri de douleur et de désespoir qu'il est presque impossible de le décrire ou de le concevoir.

Lorsque je me trouvai hors de danger, je m'arrêtai un peu pour retirer les flèches piquées sur mes mains et sur ma figure et me frotter avec le même onguent qui m'avait été donné lors de mon arrivée, comme je l'ai déjà mentionné. J'enlevai ensuite mes lunettes et attendis à peu près une heure que la marée se fût un peu retirée; ensuite je traversai le détroit à gué avec ma prise pour arriver sain et sauf au port royal de Lilliput.

L'Empereur et toute sa cour se tenaient sur le rivage attendant l'issue de cette grande entreprise. Ils voyaient les vaisseaux s'avancer en formant une large demi-lune, mais ils ne pouvaient pas me distinguer parce que j'étais dans

Je coupai résolument les câbles attachés aux ancras... (p. 86).

l'eau jusqu'à la poitrine. Lorsque j'arrivai au milieu du détroit, ils devinrent encore plus inquiets, parce qu'alors j'étais dans l'eau jusqu'au cou. L'Empereur en conclut que je m'étais noyé et que la flotte de l'ennemi s'avançait dans des intentions hostiles, mais il fut bientôt délivré de ses craintes, car le détroit devenant de moins en moins profond à chaque pas que je faisais, je fus bientôt assez rapproché pour me faire entendre, et, élevant en l'air l'extrémité du câble qui attachait la flotte, je criai très fort : « Vive le très puissant Empereur de Lilliput. »

Ce grand prince me reçut à mon arrivée à terre avec toutes les louanges possibles et me créa sur-le-champ *Nardac*, ce qui est le plus haut titre d'honneur dans ce pays.

Sa Majesté me pria de profiter de quelque autre occasion pour amener dans ses ports tout ce qui restait des vaisseaux ennemis.

L'ambition des princes est tellement incommensurable qu'il semblait ne prétendre à rien moins qu'à réduire tout l'empire de Blefuscu en province qu'il ferait gouverner par un vice-roi, à faire périr les exilés *Gros-Boutiens* et à contraindre ces peuples à casser leurs œufs par le petit bout, ce qui l'aurait laissé le seul monarque du monde entier.

Je tâchai de le détourner de ce dessein par plusieurs arguments fondés sur la politique aussi bien que sur la justice, et je protestai nettement que je ne serais jamais l'instrument dont on se servirait pour réduire un peuple libre et courageux à l'esclavage; et, lorsque l'on discuta le sujet en conseil, la partie la plus sage du ministère fut de mon avis.

Cette déclaration franche et hardie était si opposée aux projets et à la politique de Sa Majesté qu'elle ne put jamais me la pardonner.

12

L'Empereur en fit mention d'une façon très artificieuse en conseil où, à ce que l'on m'assura, quelques-uns des plus sages parurent, du moins par leur silence, partager ma manière de voir.

Par contre, d'autres, qui étaient mes ennemis secrets, ne purent retenir certaines expressions qui m'atteïgnaient par ricochet, et de ce moment commença, de la part de Sa Majesté et de quelques ministres mal disposés à mon égard, une intrigue qui se manifesta en moins de deux mois, et qui aurait pu finir par ma perte absolue. Tant il est vrai que les plus grands services rendus aux princes ont bien peu de poids quand ils sont mis en balance avec le refus de servir leurs passions.

Environ trois semaines après cet exploit, arriva de Blefuscu une ambassade solennelle chargée de faire d'humbles offres de paix. On eut bientôt conclu un traité à des conditions extrêmement avantageuses pour notre Empereur, mais je crois devoir en épargner l'énumération au lecteur.

Il y avait six ambassadeurs avec une suite d'environ cinq cents personnes. Leur entrée fut véritablement splendide et conforme à la grandeur de leur maître aussi bien qu'à l'importance de leur mission.

Après la conclusion du traité — comme dans l'intervalle j'avais été à même de leur rendre quelques services, grâce au crédit que j'avais alors, ou que du moins je paraissais avoir à la cour — Leurs Excellences ayant été secrètement informées de la façon dont je m'étais montré leur ami, me rendirent une visite cérémonieuse.

Ils commencèrent par me faire beaucoup de compliments sur ma valeur et ma générosité, et m'invitèrent, au nom de l'Empereur, leur maître, à venir visiter leur pays. Ils me prièrent également de leur donner quelques preuves de ma force prodigieuse dont on leur avait raconté tant de merveilles. Je consentis de suite à leur être agréable, mais je n'ennuierai pas mes lecteurs avec des détails à ce sujet.

Lorsque j'eus, pendant quelque temps, diverti Leurs Excellences, à leur extrême satisfaction et à leur grand étonnement, je les priai de vouloir bien me faire l'honneur de présenter mes très humbles respects à l'Empereur, leur maître, dont la réputation de sagesse remplissait le monde d'une juste admiration, et d'assurer sa personne royale de mon intention bien arrêtée d'aller lui rendre visite avant de retourner dans mon pays.

En conséquence, la prochaine fois que j'eus l'honneur de voir notre Empereur, je lui demandai une autorisation générale d'aller visiter le souverain de Blefuscu, ce qu'il m'accorda; mais, avec une extrême froideur, dont je ne compris la raison que lorsqu'un ami m'eût dit à l'oreille que Flimnap et Bolgolam avaient représenté mes rapports avec ces ambassadeurs comme une marque de désaffection, ce que, je puis l'affirmer, je n'avais aucunément à me reprocher.

Ce fut la première fois que je commençai à me former quelque imparfaite idée des cours et des ministres.

Il faut observer que ces ambassadeurs avaient dû me parler avec le secours d'un interprète, les langues de ces deux empires différant autant l'une de l'autre que celles de deux nations européennes, et chaque nation s'enorgueillissant de l'antiquité, de la beauté et de la précision de son propre langage, en affectant le plus profond dédain pour celui de son voisin.

Je dois avouer que les diverses relations d'affaires et de commerce entre les deux pays, pour le bienveillant accueil des réfugiés étrangers — réciproque entre les deux nations — et leur coutume d'envoyer les jeunes gens de la noblesse et de la riche agriculture pour les éduquer par la vue du monde et la connaissance des hommes et de leurs coutumes, font qu'il y a peu de gens de distinction, de marins ou d'armateurs qui ne puissent s'expliquer dans les deux langues. Je le reconnus quand, quelques semaines plus tard, j'allai rendre mes hommages à l'Empereur de Blefuscu; et cela, en dépit de toute la méchanceté de mes ennemis, finit par être une circonstance très heureuse pour moi, comme vous le verrez par la suite.

Le lecteur n'a sans doute pas oublié que lorsque je signai les articles en vertu desquels je regagnai ma liberté, quelques-uns d'entre eux ne me plaisaient point parce qu'ils avaient un caractère servile. L'extrême nécessité seule m'avait obligé à m'y soumettre. Cependant, aujourd'hui que j'étais un *nardac*, ou, si vous aimez mieux, un des plus hauts dignitaires de cet empire, de si humbles fonctions devaient être considérées comme au-dessous de ma dignité, et je dois reconnaître en toute justice qu'on ne m'en reparla plus jamais.

J'eus cependant au bout de peu de temps l'occasion de

rendre à Sa Majesté un service qu'en toute conscience je croyais méritoire. Voici en quelles circonstances :

Je fus réveillé en sursaut à minuit par des milliers de gens poussant devant ma porte sans discontinuer les cris de « *Burglum! Burglum* », et cela avec une telle intonation d'alarme que j'en fus effrayé.

Plusieurs personnes, se frayant un passage à travers la foule, me supplièrent d'accourir au Palais. Un incendie venait de se déclarer dans les appartements de l'Impératrice et l'on attribuait la cause de ce sinistre à la négligence d'une demoiselle d'honneur qui s'était endormie en lisant un roman.

Je me levai immédiatement et l'on donna les ordres nécessaires pour laisser la voie libre devant moi. Il faisait heureusement clair de lune, si bien que je réussis à atteindre le palais sans écraser personne.

J'observai qu'on avait déjà appliqué des échelles contre les fenêtres des appartements et que l'on était bien approvisionné de seaux, mais l'eau était à une assez grande distance. Les seaux que ces braves gens me faisaient passer, avec tout le dévouement et la diligence qu'ils pouvaient y mettre, étaient à peu près de la grosseur d'un dé à coudre, ce qui ne pouvait produire grand effet sur un tel brasier.

Si j'avais eu mon habit, j'aurais sans doute pu étouffer facilement l'incendie, mais, dans ma hâte à porter secours, j'étais accouru vêtu seulement de mon gilet de cuir.

Le cas semblait absolument désespéré, et ce magnifique palais aurait infailliblement brûlé de fond en comble si, par une présence d'esprit dont je ne suis pas coutumier, je n'avais immédiatement songé à un expédient.

J'avais remarqué au centre d'une place publique voisine un immense réservoir plein d'eau, qui pouvait bien contenir une pinte de liquide. J'eus vite fait de desceller le réservoir et d'en répandre le contenu sur les points les plus incandescents de la fournaise.

Le fait est qu'au bout de cinq minutes l'incendie fut complètement éteint.

Ainsi fut en partie préservé de la destruction ce magnifique édifice qu'on avait mis tant de siècles à élever.

Au bout de cinq minutes l'incendie fut complètement éteint... (p. 94).

Il faisait jour alors et je rentrai chez moi sans attendre l'Empereur pour lui offrir mes congratulations. En voici la raison : bien que je lui eusse rendu un service signalé, je ne pouvais pas savoir comment Sa Majesté apprécierait l'acte nécessaire, mais irrévérencieux que j'avais commis : le fait de plonger un regard indiscret dans l'appartement de l'Impératrice et de ses dames d'honneur étant réputé crime capital.

Je fus pourtant un peu tranquillisé par un message de Sa Majesté ; elle m'informait qu'elle donnerait des ordres au Ministre de la Justice pour me faire délivrer des lettres de grâce en forme. ce que, cependant, je ne pus obtenir.

Cependant, on m'assura confidentiellement que l'Impératrice, concevant la plus grande horreur de ce que j'avais fait, avait ordonné d'installer ses appartements dans la partie du palais la plus éloignée du lieu du sinistre et avait fermement résolu que ces bâtiments ne seraient jamais réparés pour son usage. On m'assura, en outre, qu'en présence de ses plus intimes confidentes elle ne put s'empêcher de jurer qu'elle se vengerait.

CHAPITRE VI

Des habitants de Lilliput, leur instruction, leurs lois, leurs coutumes
et la façon d'élever leurs enfants. Manière de vivre de l'auteur dans
ce pays. Sa justification d'une grande dame.

IEN que j'aie l'intention de renvoyer la des-
cription de cet empire à un traité particulier,
c'est pourtant avec plaisir que je crois devoir
satisfaire la curiosité du lecteur en lui en
donnant quelques idées générales.

De même que la taille ordinaire des naturels est un peu
au-dessous de six pouces, de même il y a une proportion
exacte dans tous les autres animaux, aussi bien que dans
les plantes et dans les arbres.

Par exemple les plus grands chevaux et les plus grands
bœufs ont de quatre à cinq pouces de haut, les moutons un
pouce et demi, plus ou moins; leurs oies sont environ de
la grosseur d'un moineau et ainsi de suite avec une grada-
tion descendante jusqu'aux plus petites créatures, qui pour
ma vue était presque invisibles; mais la nature a adapté

les yeux des Lilliputiens à tous les objets qu'ils ont besoin d'observer; ils voient très bien, mais pas à une grande distance.

Bref, pour faire connaître combien leur vue est perçante à l'égard des objets rapprochés, je dirai que j'ai eu beaucoup de plaisir à voir un cuisinier plumer une alouette qui n'était pas si grosse qu'une mouche ordinaire et une jeune fille enfiler une aiguille invisible avec de la soie invisible.

Leurs plus grands arbres ont environ sept pieds de haut; je parle de quelques-uns de ceux que l'on peut voir dans le grand parc royal et dont je pouvais juste atteindre le sommet avec mon poing fermé. Les autres végétaux sont dans la même proportion, et le lecteur se l'imaginera aisément.

Pour le moment je ne dirai que très peu de choses de leur science qui, depuis des siècles, fleurit chez eux dans toutes ses branches. Leur manière d'écrire, cependant, est très particulière, ne procédant ni de gauche à droite comme les Européens, ni de droite à gauche comme les Arabes, ni de haut en bas comme les Chinois, mais obliquement, d'un angle du papier à l'autre, comme font les dames d'Angleterre.

Ils enterrent leurs morts la tête directement en bas, parce qu'ils croient que dans onze mille lunes tous se relèveront, et comme à cette époque la terre, qu'ils s'imaginent être plate, se retournera sens dessus dessous, de cette manière, au moment de la résurrection, ils se trouveront tout debout sur leurs pieds. Les savants parmi eux reconnaissent l'absurdité de cette croyance, mais l'usage subsiste en considération du vulgaire.

Il y a dans ce pays quelques lois et coutumes très singulières, et, si elles n'étaient pas si directement opposées à

11

celles de ma chère patrie, je serais tenté de dire quelque chose pour les justifier. Il reste pourtant à désirer qu'elles soient régulièrement exécutées. La première dont je ferai mention concerne les délateurs.

Tous les crimes contre l'État sont punis dans ce pays-là avec une extrême rigueur; mais si l'accusé réussit à bien établir son innocence pendant son procès, l'accusateur est immédiatement condamné à une mort ignominieuse et l'on prélève sur ses biens et sur ses terres, au profit de la personne innocente, une compensation quadruple pour la perte de temps, les rigueurs de l'emprisonnement et pour tous les frais nécessités pour sa défense. Au cas où la fortune du délateur n'est pas suffisante pour pourvoir à cette indemnité, la différence doit être payée par l'État. L'Empereur confère en outre à l'accusé quelque marque publique de sa faveur, et proclamation de son innocence est faite par toute la cité.

On regarde la fraude comme un crime plus grand que le vol et conséquemment il est rare qu'elle n'entraîne pas la condamnation à mort, car on est d'avis que le soin et la vigilance avec un bon sens très ordinaire suffisent à garantir les biens d'un homme contre les tentatives des voleurs, tandis que la probité reste sans défense contre une habile fourberie, et, puisqu'il est nécessaire qu'il y ait un échange constant d'achat et de vente et de transactions à crédit, si la fraude est permise ou excusée et s'il n'existe pas de lois pour la punir, le commerçant honnête est toujours dupé et c'est le fripon qui a tout l'avantage.

Je me rappelle qu'un jour, comme j'intercédais auprès de l'Empereur pour un criminel qui avait fait tort à son patron d'une grosse somme d'argent qu'on l'avait chargé d'aller toucher et avec laquelle il s'était enfui, il m'arriva d'invoquer comme excuse, auprès de Sa Majesté, qu'il ne s'agissait que d'un abus de confiance ; alors, l'Empereur trouva qu'il était monstrueux de ma part d'offrir comme moyen de défense ce qu'il considérait comme la plus grande aggravation du crime. Véritablement je n'avais rien à répondre et je dus me retrancher derrière ce lieu commun que « les différents peuples ont des coutumes différentes », car je dois l'avouer, j'étais sincèrement honteux.

Quoique nous considérions habituellement les récompenses et les châtiments comme les deux pivots sur lesquels le gouvernement tourne, je n'ai jamais observé que cette maxime fût mise en pratique par aucune nation, excepté celle de Lilliput. Quiconque peut apporter des preuves suffisantes qu'il a strictement observé les lois de son pays pendant soixante-treize lunes a droit à certains privilèges suivant sa qualité et sa condition, avec une somme d'argent proportionnelle tirée d'un fonds affecté à cet usage ; il acquiert, en outre, le titre de *snilpall* — c'est-à-dire observateur des lois, — qui est ajouté à son nom, mais n'est pas transmis à sa postérité.

Ces gens parurent considérer comme un défaut prodigieux de notre civilisation ce fait que l'exécution de nos lois, — ainsi que je le leur appris — n'était assurée que par des châtiments, sans aucune mention de récompenses.

C'est pour cette raison que dans les salles de leurs tribunaux, la Justice est représentée avec six yeux, deux par devant, autant par derrière et un de chaque côté, pour symboliser la circonspection, et qu'elle tient un sac plein d'or à la main droite et une épée au fourreau à la main gauche, pour faire voir qu'elle est plus disposée à récompenser qu'à punir.

Dans le choix des personnes pour remplir tous les emplois, on a plus égard à la moralité qu'aux grands talents, car, puisqu'un gouvernement est nécessaire au genre humain, on estime que la mesure ordinaire de l'intelligence humaine suffit pour être appropriée à un poste ou à un autre et que la Providence n'a jamais eu dessein de faire de l'administration des affaires publiques un mystère compréhensible seulement pour un petit nombre de personnes d'un génie sublime, comme il s'en trouve rarement trois en un siècle.

Ils croient qu'au contraire la franchise, l'équité et la modération, de même que les qualités analogues, sont à la portée de tout le monde, et que la pratique de ces vertus, accompagnée d'un peu d'expérience et de bonne volonté, suffit à tout homme pour servir son pays, à moins qu'il ne s'agisse d'emplois exigeant des études spéciales.

Ils pensent encore que le manque de vertus morales est si loin d'être suppléé par les dons supérieurs de l'esprit que les emplois ne devraient jamais être confiés à d'aussi dangereuses mains que celles de personnes si habiles et qu'en somme les erreurs commises par ignorance et dans la meilleure intention possible, ne pourraient jamais avoir pour le bien public des conséquences aussi funestes que les pratiques d'un homme tout prêt à se laisser corrompre, et partant à corrompre les autres, malgré toute son habileté à diriger, multiplier et étendre ses corruptions.

De même, le fait de ne pas croire à une Providence rend un homme incapable d'exercer aucun emploi public, car, puisque les rois prétendent être eux-mêmes les représentants de la Providence, les Lilliputiens pensent que rien ne saurait être plus absurde de la part d'un prince d'employer des gens qui nient l'autorité en vertu de laquelle il agit lui-même.

En rapportant ces lois et les suivantes je n'ai voulu

parler que des institutions originales et non des corruptions scandaleuses dans lesquelles sont tombés ces peuples par suite de la nature dégénérée de l'homme.

Il faut en effet savoir que cette pratique indigne d'obtenir de grands emplois en dansant sur la corde, ou des marques de faveur et de distinction en sautant par-dessus un bâton ou en rampant par-dessous, fut d'abord introduite par le grand-père de l'Empereur actuel et portée au point où elle est aujourd'hui par l'accroissement graduel des partis et des factions.

L'ingratitude est, chez ces gens, un crime capital comme l'Histoire nous apprend qu'elle le fut dans quelques autres pays. Voici quel est leur raisonnement à ce sujet : « Quiconque paie son bienfaiteur en lui faisant du mal doit être nécessairement l'ennemi de tous les autres hommes à qui il n'a nulle obligation, et, par conséquent, un tel être n'est pas digne de vivre. »

Leurs idées sur les devoirs des parents et des enfants diffèrent extrêmement des nôtres. Les Lilliputiens pensent que, si la grande loi de la Nature a rendu l'union du mâle et de la femelle indispensable pour la propagation et la perpétuation des espèces, l'union de l'homme et de la femme s'impose également puisque c'est la même attraction naturelle et affective qui développe chez eux leur tendresse envers leurs enfants. Ils n'admettent donc pas qu'un enfant ait une obligation quelconque envers ses parents pour le simple fait de l'avoir engendré et mis au monde, ce qui, étant donné les vicissitudes de la vie humaine, n'est pas toujours un bienfait.

C'est en s'appuyant sur ces arguments et d'autres analogues qu'ils sont d'avis que les parents sont les dernières personnes à qui l'on doit confier l'éducation de leurs propres enfants. Aussi ont-ils créé, dans chaque ville, des asiles

publics où tous les parents — excepté les villageois pauvres
et les ouvriers — sont obligés d'envoyer leurs petits enfants,
garçons ou fillettes, pour y être nourris et élevés quand ils
ont atteint l'âge de vingt lunes,
âge auquel on a pu les rendre
dociles. Ces écoles sont de différents genres, suivant la différence du rang et du sexe. Il y
a dans ces établissements des
professeurs très habiles à préparer les enfants pour le genre
de vie convenant à la position
de leurs parents, à leurs propres
capacités et à leurs penchants.
Je vous parlerai d'abord des
écoles de jeunes garçons et
ensuite je m'occuperai de celles
destinées aux petites filles.

Les asiles pour les garçons
de naissance noble ou éminente
sont pourvus de maîtres sérieux
auxquels sont adjoints plusieurs
assistants.

L'habillement et la nourriture
des enfants sont des plus simples. Ils sont élevés dans des
principes d'honneur, de justice,
de courage, de modestie, de clémence, de religion et d'amour
de la Patrie.

On les occupe toujours à quelque travail, excepté pendant
le temps des repas et du sommeil qui durent très peu et
deux heures de récréation consacrées à des exercices de

corps. Ils sont habillés par des hommes jusqu'à l'âge de quatre ans, et, après cet âge, ils sont obligés de s'habiller eux-mêmes, de quelque grande naissance qu'ils soient, et les femmes qui les soignent, dont l'âge correspond à celui de cinquante ans chez nous, ne remplissent que les plus basses fonctions.

On ne permet jamais aux enfants de causer avec les domestiques; ils restent en groupes, plus ou moins nombreux, pendant le temps des récréations et toujours sous la surveillance d'un professeur ou d'un de ses suppléants; on évite par ce moyen les précoces et mauvaises impressions.

Les parents sont autorisés à les voir seulement deux fois par an et la visite ne doit durer qu'une heure; ils ont la permission d'embrasser les enfants à l'arrivée et au départ, mais encore toujours en présence d'un professeur qui ne tolérerait pas les chuchotements à l'oreille, l'emploi d'expressions caressantes, la remise de quelque jouet, bonbon ou autre futilité semblable.

En cas de non-paiement de la pension due par la famille pour l'éducation et l'entretien de l'enfant, la somme est levée par les employés de l'Empereur.

Les établissements pour les enfants des gentilshommes ordinaires, des marchands, négociants et artisans sont comparativement administrés de la même manière; seulement les enfants qui doivent apprendre un métier sont mis en apprentissage au dehors à l'âge de onze ans, tandis que ceux des personnes de qualité continuent leurs exercices jusqu'à quinze, ce qui correspond à vingt et un ans chez nous, mais on relâche graduellement leur réclusion pendant les trois dernières années.

Dans les écoles de filles les jeunes demoiselles de qualité sont élevées presque comme les garçons; seulement elles sont habillées par de respectables domestiques de leur sexe mais toujours en présence d'un professeur ou suppléant, jusqu'à ce qu'elles arrivent à s'habiller elles-mêmes, ce qu'elles font à l'âge de cinq ans.

Si, par hasard, on constate que ces bonnes essayent d'amuser les enfants avec des contes terribles et absurdes, ou de vulgaires sottises, comme c'est l'habitude des femmes de chambre chez nous, elles sont fouettées trois fois publiquement en divers endroits de la ville, emprisonnées pendant un an et reléguées pour la vie dans la partie la plus désolée de l'Empire. De cette façon, les jeunes filles ont autant honte que les hommes de se montrer poltronnes et niaises, et méprisent tous les ornements personnels, excepté la bienséance et la propreté.

Je n'ai pas non plus remarqué de différence dans l'éducation des deux sexes, si ce n'est que les exercices des filles n'étaient pas tout à fait aussi violents, qu'on leur donnait quelques notions de la vie domestique et qu'on leur imposait une moindre étendue de connaissances. Ils ont d'ailleurs pour maxime que, parmi les personnes de qualité, la femme doit toujours être une compagne raisonnable et agréable, parce qu'elle ne peut pas rester toujours jeune. Lorsque les filles ont douze ans, ce qui est pour elles l'âge de se marier, les parents ou tuteurs les emmènent à la maison, avec de grands témoignages de gratitude aux professeurs et cela rarement sans pleurs du côté de la jeune fille et de celui de ses compagnes.

Dans les écoles de filles d'un rang inférieur, on enseigne aux enfants tous les genres de travaux convenant à leur sexe et à leurs positions sociales respectives ; celles qu'on a l'intention de mettre en apprentissage sont congédiées à sept ans et les autres restent jusqu'à onze.

Les familles de la classe inférieure qui ont des enfants

dans ces établissements sont obligées, outre la rétribution annuelle qui est aussi modique que possible, de donner à l'administrateur de l'école une petite portion de leurs gains mensuels pour constituer une dot à l'enfant. Les dépenses des parents se trouvent donc ainsi limitées par la loi. Les Lilliputiens pensent, en effet, que rien ne serait plus injuste que de permettre aux gens de mettre des enfants au monde pour leur seule satisfaction et de laisser ensuite au public la charge de les entretenir.

Pour les personnes de qualité, elles fournissent une caution, assurant à chaque enfant une certaine somme en rapport avec leur condition ; ces biens sont toujours administrés avec économie et avec la plus exacte justice.

Les villageois et les laboureurs gardent leurs enfants chez eux, car, leur travail consistant uniquement à labourer et à cultiver la terre, leur éducation se trouve être conséquemment de peu d'importance pour le public. Quant à leurs vieillards et à leurs malades, ils sont entretenus par les hôpitaux, la mendicité étant un métier inconnu dans cet empire.

Le lecteur maintenant trouvera peut-être intéressant d'avoir quelques détails sur mes domestiques et sur ma manière de vivre pendant les neuf mois et treize jours que je suis resté dans ce pays.

Ayant des dispositions pour la mécanique et y étant en outre forcé par la nécessité, je m'étais fait une chaise et une table assez commodes avec les plus gros arbres du parc royal.

Deux cents couturières furent employées à me confectionner des chemises ainsi que le linge de mon lit et de ma table avec la toile la plus forte et la plus grosse qu'elles purent se procurer ; elles furent encore obligées de la reployer en plusieurs doubles, car la plus épaisse était beau-

coup plus fine que de la mousseline. Leur toile a ordinairement
trois pouces de largeur et forme des pièces de trois pieds
de long.

Les couturières me prirent mesure pendant que j'étais
étendu à terre, l'une placée à mon
cou et l'autre au milieu de ma jambe,
avec une forte corde tendue, que
chacune tenait par un bout, tandis
qu'une troisième relevait la longueur
de la corde à l'aide d'une règle de la
longueur d'un
pouce.

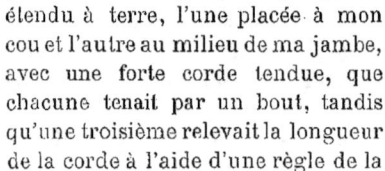

Elles mesurè-
rent ensuite mon
pouce droit et n'eu-
rent besoin de rien
de plus, car, calcu-
lant mathématiquement que deux tours
de pouces font un tour de poignets, et
ainsi de suite pour le cou et la ceinture,
à l'aide de ma vieille chemise qu'elles
étendirent à terre devant elles comme un
patron, elles m'en firent une neuve juste à ma taille.

Trois cents tailleurs furent de même employés à me faire
des vêtements ; mais ils
employèrent une autre
façon pour me prendre
mesure. Je me mis à ge-
noux ; ils levèrent une
échelle de façon à en

appuyer une extrémité à terre et l'autre contre mon cou ;
l'un d'eux monta sur cette échelle et laissa tomber un fil à
plomb de mon col au plancher, ce qui donna juste la

longueur de mon habit ; quant à ma veste et à mes manches, je les mesurai moi-même.

Lorsque mes vêtements furent finis, — ils durent les faire chez moi, car la plus grande de leurs maisons n'aurait pu les contenir, — ils ressemblaient à ces tapis que les dames anglaises font avec des bouts d'étoffes, avec cette différence qu'ils étaient d'une seule couleur.

J'avais trois cents cuisiniers pour préparer mes victuailles dans de petites cabanes commodes, construites au bord de ma maison, dans lesquelles ils demeuraient avec leurs familles.

Chacun d'eux me préparait deux plats. Je prenais dans ma main vingt garçons et les plaçais sur la table; cent autres faisaient le service en bas, à terre, les uns avec des plats de viande, les autres avec des barils de vin, ou d'autres liqueurs suspendues à leurs épaules. Les garçons dessus la table hissaient très ingénieusement ces vivres, au fur et à mesure que j'en avais besoin, à l'aide de cordes, comme nous tirons en Europe le seau d'un puits. Un de leurs plats de viande faisait une bonne bouchée, et un baril de leur boisson une gorgée suffisante.

Leur mouton ne vaut pas le nôtre, mais leur bœuf est excellent. J'ai eu un aloyau si gros que je fus obligé d'en faire trois coups de dents, mais le cas est rare. Mes serviteurs s'étonnaient de me voir le manger tout entier, sans retirer les os, comme nous faisons dans notre pays d'une aile d'alouette.

J'avalais ordinairement leurs oies et leurs dindons d'une seule bouchée, et je dois avouer qu'ils sont bien supérieurs aux nôtres. Quant à leurs volailles plus petites, je pouvais en prendre vingt ou trente avec la pointe de mon couteau.

Un jour Sa Majesté Impériale ayant été informée de ma manière de vivre, manifesta le désir que lui et sa royale compagne, avec les jeunes princes et princesses du sang, pussent « avoir le bonheur — c'est ainsi qu'il lui plut de s'exprimer — de dîner avec moi ».

Ils vinrent donc et je les plaçai, dans leurs fauteuils de gala, sur ma table, juste en face de moi, avec leurs gardes autour d'eux. Flinmap, le grand trésorier, était aussi présent, avec le grand bâton blanc, insigne de sa charge. Je remarquai qu'il me lançait souvent des coups d'œil malveillants, mais j'eus l'air de ne pas m'en apercevoir; au contraire, je mangeai plus que d'ordinaire, pour faire honneur à mon cher pays, aussi bien que pour remplir la cour d'admiration.

J'ai des raisons particulières de croire que cette visite de Sa Majesté fournit à Flinmap une occasion de me nuire auprès de son maître. Ce ministre avait toujours été mon ennemi secret, quoiqu'il affectât envers moi plus de gracieuseté que sa nature maussade n'en comptait ordinairement. Il représenta à l'Empereur la pénurie du trésor, faisant observer qu'il était obligé de faire des emprunts à gros intérêts, que les bons de l'Échiquier étaient tombés à 9 pour 100 au-dessous du pair, que j'avais déjà coûté à Sa Majesté plus d'un million et demi de *sprugs* — la plus grosse de leurs monnaies d'or, ayant à peu près la dimension d'une paillette, et qu'en somme l'Empereur agirait sagement en profitant de la première occasion convenable de me renvoyer.

Je suis maintenant obligé de défendre ici la réputation d'une excellente dame, qui eut à souffrir innocemment à cause de moi.

Il prit fantaisie au trésorier d'être jaloux de sa femme, par suite de la malignité de quelques mauvaises langues qui l'informèrent que Sa Grâce avait conçu une très grande affection pour moi; le bruit qu'elle était venue une fois secrètement dans ma maison, courut même pendant quelque temps et fit scandale à la cour.

Je déclare solennellement que c'est une infâme calomnie, sans aucun fondement, à l'exception toutefois des marques bien innocentes de franchise et d'amitié avec lesquelles il plut à Sa Grâce de me traiter. Je reconnais qu'elle est

souvent venue à ma maison, mais toujours publiquement,
et jamais sans qu'il y eût dans son carrosse trois autres
personnes, qui étaient ordinairement sa sœur, sa petite fille

et quelque amie particulière. Ceci, du reste, lui était commun
avec beaucoup d'autres dames de la cour, et j'en appelle
encore à tous mes serviteurs.

Ont-ils jamais, en aucun temps, vu un carrosse, à ma
porte, sans savoir quelles personnes étaient dedans? Dans

ces occasions, lorsqu'un domestique m'avait averti, ma coutume était d'aller immédiatement à la porte, et, après avoir présenté mes hommages, de prendre bien soigneusement dans mes mains le carrosse avec deux chevaux (car s'il y avait six chevaux, le postillon en dételait toujours quatre), et de les placer sur une table, sur laquelle j'avais fixé un rebord mobile rond et haut de cinq pouces, pour prévenir les accidents. Il m'est souvent arrivé d'avoir en même temps sur ma table quatre carrosses attelés remplis de monde; j'étais assis sur ma chaise, penchant mon visage vers eux, et, pendant que je causais avec la compagnie d'un carrosse, les cochers faisaient doucement faire aux autres le tour de ma table, en attendant.

J'ai passé mainte après-midi très agréable dans ces conversations. Mais je défie bien le trésorier, ou ses deux délateurs, — c'est le nom que je veux leur donner, qu'ils le prennent comme ils voudront, — Clustril et Drunlo, de prouver que personne soit jamais venu chez moi *incognito*, excepté le secrétaire Reldresal, qui était envoyé par ordre exprès de Sa Majesté, comme je l'ai relaté plus haut.

Je n'aurais pas insisté aussi longtemps sur ce sujet, s'il ne s'était point agi de la réputation d'une grande dame, pour ne rien dire de ma propre considération, quoique j'eusse alors l'honneur d'être *nardac*, ce que le trésorier lui-même n'est pas.

Chacun sait, en effet, qu'il n'est que *glumglum*, titre inférieur d'un degré, comme celui de marquis l'est à celui de duc en Angleterre. Je dois cependant reconnaître qu'il avait le pas sur moi, par le droit de sa charge.

Ces faux avis, dont j'eus plus tard connaissance par un hasard qu'il ne convient pas de préciser, furent cause que pendant quelque temps le trésorier fit mauvaise mine à sa femme et encore plus à moi.

Il fut enfin détrompé et se réconcilia avec sa Grâce, mais je n'en perdis pas moins tout crédit auprès de lui et je vis bientôt mes intérêts de plus en plus compromis auprès de l'Empereur lui-même, qui se laissait véritablement trop gouverner par ce favori.

CHAPITRE VII

L'auteur, ayant reçu avis qu'on voulait lui faire
son procès pour crime de haute trahison, se
réfugie à Blefuscu. L'accueil qu'il reçoit dans
cet empire.

VANT de parler de ma sortie
de l'empire de Lilliput, il
sera peut-être à propos d'instruire le lecteur d'une intrigue secrète, qui se formait
contre moi depuis quelque temps.

Jusqu'ici j'étais resté étranger aux intrigues des cours,
la bassesse de ma condition m'en ayant toujours tenu
écarté. J'avais cependant entendu dire et lu bien des choses
sur les caprices des grands princes et des ministres; mais
je ne me serais jamais attendu à en voir de si terribles effets
dans un pays si éloigné, gouverné, comme je le pensais,
par des maximes bien différentes de celles d'Europe.

Pendant que je faisais mes préparatifs pour me rendre
auprès de l'Empereur de Blefuscu, un personnage de grande

13

considération à la cour, à qui j'avais rendu des services
importants à une époque où il était tombé tout à fait en
disgrâce auprès de Sa Majesté Impériale, vint me trouver

secrètement pendant la nuit et entra chez moi avec sa
chaise fermée, sans se faire annoncer. Les porteurs furent
congédiés et je mis la chaise contenant Sa Seigneurie dans
la poche de mon justaucorps. Je donnai l'ordre à un
domestique de confiance de dire que j'étais souffrant et

couché, verrouillai la porte de ma maison, mis la chaise sur la table suivant ma coutume et m'assis auprès.

Après avoir échangé les compliments d'usage, ayant remarqué l'air très anxieux de ce seigneur et lui en ayant demandé la raison, il me pria de bien vouloir l'écouter sur un sujet qui intéressait de très près mon honneur et ma vie. Je puis vous transmettre textuellement le discours qu'il fit, car j'en pris note aussitôt après son départ.

« Je dois vous informer, me dit-il, que depuis quelque temps on a convoqué de la façon la plus secrète plusieurs comités du Conseil à votre sujet et qu'il y a deux jours Sa Majesté s'est arrêtée à une décision définitive.

« Vous ne pouvez ignorer que Skyresh Bolgolam (*galbet* ou grand-amiral) a presque toujours été votre ennemi mortel depuis votre arrivée ici. Je ne sais pas quelle est l'origine de sa haine, mais elle s'est augmentée depuis votre grand succès contre Blefuscu, par suite duquel sa gloire d'amiral s'est trouvée fort éclipsée. Ce seigneur, de concert avec Slimnap, le grand trésorier, dont l'inimitié contre vous est notoire; Limtoc, le général; Lalcon, le chambellan, et Balmuff, le grand Justicier, a dressé contre vous les articles d'un acte d'accusation pour haute trahison et autres crimes entraînant la peine capitale. »

Cette exhorde m'avait tellement impressionné — fort de mon innocence et des services rendus — que j'allais l'interrompre, quand il me pria de ne rien dire et continua ainsi :

« Pour reconnaître les services que vous m'avez rendus, je me suis procuré tous les détails de l'affaire et une copie des articles de l'acte d'accusation. En le faisant je risque ma tête pour votre service. »

ARTICLES DE L'ACCUSATION INTENTÉE
CONTRE QUINBUS FLESTRIN, L'HOMME-MONTAGNE

ARTICLE PREMIER

Attendu que, par un statut fait sous le règne de Sa Majesté Impériale, Calin-Deffar-Plune, il est ordonné que quiconque pénétrera sans autorisation dans l'enceinte du palais royal et jettera un regard indiscret dans un des appartements de l'Impératrice, sera passible des peines et pénalités du crime de lèse-majesté; que, nonobstant ledit Quinbus Flestrin, en ouverte violation de ladite loi, sous prétexte d'éteindre le feu dans les appartements de l'épouse très chérie de Sa Majesté Impériale, a malicieusement et traîtreusement violé le secret des appartements de l'Impératrice et de sa suite, se trouvant et étant dans l'enceinte dudit palais royal, contre le statut prévoyant ce cas, etc., contre le devoir, etc.

ARTICLE II

Attendu que ledit Quinbus Flestrin — après avoir amené la flotte royale de Blefuscu dans notre port impérial, a reçu de Sa Majesté Impériale l'ordre formel de se rendre maître de tous les autres vaisseaux dudit royaume de Blefuscu; de réduire cet État en province qui serait gouvernée par un vice-roi de notre pays, et d'anéantir et mettre à mort, non seulement tous les *Gros-Bouliens* exilés, mais encore toutes les personnes de cet empire qui ne voudraient pas abjurer immédiatement l'hérésie *gros-boulienne*; — que, comme un traître à Sa Très Heureuse Impériale Majesté, il a présenté une requête afin d'être dispensé dudit service sous prétexte de répugnance à contraindre les consciences et à détruire les libertés et la vie d'un peuple innocent.

Article III

Attendu que certains ambassadeurs étant venus depuis peu de la cour de Blefuscu pour demander la paix à la

cour de Sa Majesté, lui, ledit Flestrin, comme un sujet déloyal, a secouru, aidé, soulagé et diverti lesdits ambassadeurs, quoiqu'il les connût pour être les ministres d'un prince qui venait d'être en guerre ouverte avec Sa Majesté Impériale.

Article IV

Attendu que ledit Quinbus Flestrin, contrairement au devoir d'un fidèle sujet, se dispose actuellement à faire à la cour de l'empire de Blefuscu un voyage pour lequel il n'a reçu qu'une permission verbale de Sa Majesté Impériale, et que, sous prétexte de ladite autorisation, il a,

félonieusement et très traîtreusement l'intention de faire
ledit voyage, et, par là, de secourir, aider et encourager
l'Empereur de Blefuscu, le récent ennemi de Sa Majesté
Impériale, avec laquelle il était en guerre ouverte.

« Il y a encore d'autres articles, » ajouta-t-il, « mais ceux
dont je viens de vous lire un abrégé sont les plus importants.

« Dans les différentes délibérations sur cet acte d'accusation, il faut reconnaître que Sa Majesté a montré maintes
preuves de sa grande modération, faisant, à plusieurs
reprises, valoir vos services et s'efforçant d'atténuer vos
crimes. Le trésorier et l'amiral insistaient pour que vous
fussiez mis à mort de la façon la plus cruelle et la plus
ignomineuse, en mettant le feu à votre maison pendant la
nuit; le général devait vous attendre avec vingt mille
hommes armés de flèches empoisonnées pour vous frapper
au visage ou aux mains.

« Des ordres secrets devaient être donnés à quelques-uns
de vos domestiques pour répandre sur vos chemises et vos
draps un suc vénéneux, qui vous aurait bientôt fait déchirer
votre propre chair et mourir dans des tourments horribles.

« Le général s'est rendu au même avis, de sorte que pendant assez longtemps la majorité a été contre vous. Heureusement Sa Majesté, résolue à faire tout son possible pour
tâcher d'épargner votre vie, finit par gagner le suffrage du
chambellan.

« Sur ces entrefaites, Reldresal, principal secrétaire des
affaires privées — lequel s'est toujours montré votre ami
fidèle — reçut de l'Empereur l'ordre de donner son avis,
et la façon dont il l'a fait a bien justifié l'estime que vous
avez pour lui. Il a même admis que vos crimes étaient
grands, mais qu'ils méritaient néanmoins quelque indulgence. Il a ajouté que l'amitié existant entre vous et lui

était si connue de tout le monde que peut-être le très honorable Conseil pourrait l'accuser de partialité, mais que
cependant, pour obéir aux ordres de Sa Majesté, il donnerait son avis en toute franchise. Il suggéra donc que si Sa
Majesté, en considération de vos services, et d'accord avec
ses propres dispositions à la clémence, voulait bien épargner votre vie et se contenter de vous arracher les deux
yeux, il pensait humblement que par cet expédient la jus-

tice serait en quelque sorte satisfaite et que tout le monde
applaudirait à la clémence de l'Empereur aussi bien qu'aux
procédés honnêtes et généreux de ceux qui ont l'honneur
d'être ses conseillers; que, du reste, la perte de vos yeux ne
ferait point obstacle à votre force corporelle, par laquelle
vous pourriez être encore utile à Sa Majesté; que l'aveugle-
ment sert à augmenter le courage, en nous cachant les
périls; que la crainte que vous aviez pour vos yeux avait
été le plus grand obstacle à la capture de la flotte de l'ennemi et que ce serait bien assez que vous vissiez par les
yeux des ministres, puisque les plus grands princes ne
voient pas autrement.

« Cette proposition fut reçue par toute l'assemblée avec des marques de désapprobation. L'amiral Bolgolam ne pouvait plus se contenir. Il se leva transporté de fureur, déclarant qu'il était étonné que le secrétaire osât opiner pour la conservation de la vie d'un traître ; que les services que vous aviez rendus étaient — pour toutes les meilleures raisons d'État — une aggravation de vos crimes ; que, puisque vous aviez été capable d'éteindre .... l'incendie qui avait éclaté dans les appartements de l'Impératrice, vous pourriez, à un autre moment, provoquer une inondation et submerger toute la ville ; que la même force qui vous avait mis en état d'entraîner toute la flotte de l'ennemi pourrait vous servir, au premier mécontentement, à la reconduire à l'endroit dont vous l'aviez tirée ; qu'il avait de très fortes raisons de croire que vous étiez *Gros-Boutien* au fond du cœur, et que, comme la trahison commence au cœur, avant de se manifester par des actes, il vous accusait de trahison sur ce chef, et, conséquemment, insistait pour la peine de mort.

« Le trésorier fut du même avis. Il fit voir à quelles extrémités les finances de Sa Majesté étaient réduites par les dépenses occasionnées pour votre entretien, dépenses qui allaient bientôt devenir insoutenables. Que l'expédient proposé par le secrétaire de vous crever les yeux, loin d'être un remède contre ce mal, l'augmenterait très probablement, comme le démontre la pratique ordinaire d'aveugler certaines espèces de volailles qui, après cela, mangent encore plus et engraissent plus vite. Que Sa Majesté et le Conseil, qui étaient vos juges, étaient dans leurs propres consciences entièrement convaincus de votre culpabilité, ce qui était un argument suffisant pour vous condamner à mort, sans qu'il fût nécessaire de recourir aux preuves formelles requises par la lettre stricte de la loi.

« Mais Sa Majesté Impériale étant fermement résolue à vous éviter la peine capitale, eut la gracieuseté de dire que, puisque le Conseil considérait la perte de vos yeux comme un châtiment trop léger, on pourrait en infliger quelque autre plus tard. Et votre ami le secrétaire demandant humblement d'être entendu de nouveau pour répondre à l'objection du trésorier relativement à la grande dépense que votre entretien occasionnait à Sa Majesté, dit que Son Excellence, qui avait la seule disposition des finances de l'Empereur, pourrait facilement remédier à ce mal en diminuant graduellement votre ordinaire; et que, par ce moyen, faute d'une quantité suffisante de nourriture, vous deviendriez faible et languissant, perdriez l'appétit et vous consumeriez en quelques mois; qu'en outre la putréfaction de votre cadavre serait moins dangereuse, lorsque votre corps aurait diminué de plus de moitié; et qu'immédiatement après votre mort, cinq ou six mille sujets de Sa Majesté pourraient, en deux ou trois jours, découper la chair de dessus vos os, l'emporter par charretées et l'enfouir dans des lieux lointains pour empêcher l'infection, laissant votre squelette comme un monument digne d'admiration pour la postérité.

« Ainsi par la grande amitié du secrétaire, toute l'affaire a été terminée à l'amiable. On a formellement ordonné de tenir secret le dessein de vous faire peu à peu mourir de faim; mais la condamnation à avoir les yeux arrachés a été dûment entérinée, personne ne s'y opposant, à l'exception de Bolgolam, l'amiral, qui, étant une créature de l'Impératrice, était constamment poussé par Sa Majesté à insister pour obtenir votre mort, car elle vous en a toujours voulu.

« Dans trois jours votre ami le secrétaire recevra l'ordre de se rendre chez vous pour donner lecture en votre présence des articles de l'acte d'accusation, et ensuite vous faire

14

connaître la grande clémence et la grâce de Sa Majesté et du
Conseil, en ne vous condamnant qu'à la perte de vos yeux,
à laquelle Sa Majesté ne doute pas que vous ne vous sou-
mettiez avec reconnaissance et humilité. Vingt des chirur-
giens de Sa Majesté se présenteront pour veiller à ce que
l'opération soit exécutée convenablement, en décochant des
flèches très aiguës dans les prunelles de vos yeux, lorsque
vous serez couché à terre.

« Je laisse à votre prudence le soin de prendre les mesures
que vous jugerez les plus convenables, et, pour ne pas
éveiller de soupçons, il faut que je m'en retourne immédiatement, aussi secrètement que je suis venu. »

Aussitôt Sa Seigneurie me quitta et je restai seul livré
aux inquiétudes et aux plus grandes perplexités d'esprit.

C'était un usage introduit par ce prince et par son ministère (très différent, à ce qu'on m'assura, de l'usage des
premiers temps), qu'après que la cour avait décrété un
supplice cruel, pour satisfaire le ressentiment du souverain
ou la méchanceté d'un favori, l'Empereur adressât à tout
son Conseil un discours dans lequel il parlait de sa grande
clémence et de sa douceur comme de qualités connues et
proclamées par tout le monde.

Ce discours fut immédiatement publié par tout l'Empire
et rien n'inspirait tant de terreur au peuple que ces éloges
de la clémence de Sa Majesté, parce qu'on avait remarqué
que, plus on mettait d'insistance à amplifier ces louanges,
plus le supplice était atroce et le condamné innocent. Et, à
mon égard, je dois avouer que n'ayant jamais été destiné
par ma naissance ou par mon éducation à faire un courtisan,
je jugeai si mal les choses que je ne pus apprécier la douceur ni la grâce de cette sentence, mais la considérai, bien
à tort sans doute, comme plutôt rigoureuse qu'indulgente.

Je pensai à un moment à ne pas décliner le procès, car,

Je m'emparai d'un gros vaisseau de guerre (p. 136).

bien qu'il me fût impossible de nier les faits allégués dans plusieurs articles, j'estimais pourtant qu'il m'était possible d'y opposer quelques circonstances atténuantes.

Pourtant, ayant eu dans ma vie l'occasion de suivre plusieurs procès politiques, j'avais observé qu'ils se terminaient toujours d'après les instructions données aux juges. C'est pour cette raison que je n'osai pas me fier à une décision aussi dangereuse, dans une conjoncture aussi critique, ayant en outre contre moi d'aussi puissants ennemis.

A un autre moment, j'eus fort envie d'opposer de la résistance, car, tant que j'avais ma liberté, toutes les forces de cet empire ne seraient pas venues à bout de moi, et j'aurais pu facilement, à coups de pierres, anéantir la capitale. Mais je rejetai aussitôt ce projet avec horreur, me souvenant du serment que j'avais prêté à l'Empereur; des faveurs que j'en avais reçues et de la haute dignité de *Nardac* qu'il m'avait conférée. Je n'avais pas encore appris si tôt la reconnaissance habituelle des courtisans pour me persuader que les rigueurs récentes de Sa Majesté m'acquittaient de toutes les obligations passées.

Enfin je m'arrêtai à une résolution, qui très probablement sera censurée de quelques personnes, et cela avec justice, car je me trouve dans l'obligation d'avouer que je dois la conservation de mes yeux, et conséquemment, ma liberté, à ma grande audace et à mon manque d'expérience, parce que si j'avais mieux connu alors le caractère des princes et des ministres que j'ai été à même d'observer depuis dans plusieurs autres cours, et aussi leur façon de traiter d'autres criminels moins dangereux que moi, je me serais soumis avec bonne volonté et avec empressement à une peine si douce.

Mais emporté par l'impétuosité de la jeunesse et fort de

l'autorisation d'aller rendre visite au souverain de Blefuscu
que m'avait accordée Sa Majesté Impériale, je profitai de la
première occasion, avant l'expiration des trois jours, pour
envoyer à mon ami le secrétaire une lettre dans laquelle
je l'informais de ma résolution de partir le matin même
pour Blefuscu, conformément à la permission que j'en avais
reçu, et, sans attendre la réponse, je m'avançai vers la
côte de l'île où se trouvait notre flotte. Je m'emparai d'un
gros vaisseau de guerre, attachai un câble à la proue, et,
après avoir levé les ancres, je me déshabillai, mis mes
habits (ainsi que ma couverture que j'avais emportée sous
mon bras) sur le vaisseau, puis le tirant avec moi, tantôt
ayant pied, tantôt nageant, j'arrivai au port de Blefuscu,
où le peuple m'avait attendu depuis longtemps.

On me donna deux guides pour me conduire à la capitale
qui porte le même nom. Je les tins dans mes mains jusqu'à
ce que je fusse arrivé à deux cents yards de la porte de la
ville; je les priai alors de donner avis de mon arrivée à un
des secrétaires d'État et de lui faire savoir que j'attendais
là les ordres de Sa Majesté. Au bout d'à peu près une heure
je reçus réponse que « Sa Majesté, accompagnée de toute la
famille royale et des grands officiers de la cour, venait pour
me recevoir ».

Je m'avançai d'environ cent yards. L'Empereur et son
escorte descendirent de leurs chevaux, l'Impératrice et les
dames d'honneur de leurs carrosses et personne ne me
parut manifester aucune peur ou inquiétude. Je me pros-
ternai à terre pour baiser les mains de Sa Majesté et de
l'Impératrice.

Je dis à Sa Majesté que j'étais venu suivant ma promesse
et avec la permission de l'Empereur mon maître, pour avoir
l'honneur de voir un si puissant monarque et pour lui
offrir tous les services qui dépendaient de moi et qui ne

·seraient pas contraires à ce que je devais à mon propre souverain.

Je ne soufflai toutefois pas mot de ma disgrâce, parce que je n'en avais encore reçu aucune signification officielle et qu'il m'était permis de me considérer comme complètement ignorant d'un pareil dessein. De plus, je ne pouvais raisonnablement concevoir que l'Empereur découvrirait son secret aussi longtemps que je serais hors de son pouvoir, ·en quoi cependant j'appris bientôt que je me trompais.

Je n'ennuierai pas le lecteur avec le récit détaillé de ma réception à la cour qui fut conforme à la générosité d'un si grand prince, ni des incommodités que j'éprouvai par suite du manque d'une maison et d'un lit, ce qui m'obligea à ·coucher sur le sol, enveloppé de ma couverture.

CHAPITRE VIII

 ROIS jours après mon arrivée, me promenant
par curiosité sur la côte nord-est de l'île,
j'aperçus à environ une demi-lieue en mer
quelque chose qui avait l'air d'un bateau ren-
versé. Je retirai mes souliers et mes bas, et,
m'avançant dans l'eau à une distance de deux ou trois cents
yards, j'observai que l'objet s'approchait par la force de la
marée. Je vis alors clairement que c'était une vraie chaloupe, que je supposai avoir été détachée d'un vaisseau
par quelque tempête; sur quoi je revins immédiatement à
la ville et priai Sa Majesté Impériale de me prêter vingt des
plus grands vaisseaux qui lui restaient, depuis la perte de
sa flotte, et trois mille matelots sous les ordres de son vice-
amiral.

Cette flotte mit à la voile en faisant un détour pendant
que je gagnais la côte par le chemin le plus court à l'endroit

d'où j'avais d'abord aperçu la chaloupe. J'observai que la marée l'avait poussée encore plus près du rivage. Les matelots étaient tous munis de cordages que j'avais d'avance tressés ensemble pour les rendre suffisamment solides.

Quand les vaisseaux furent arrivés, je me déshabillai et marchai jusqu'à cent yards de la chaloupe, après quoi je fus obligé de nager jusqu'à ce que je l'eusse atteinte. Les matelots me jetèrent un câble dont j'attachai un bout à un trou sur l'avant du bateau et l'autre bout à un vaisseau de guerre. Malheureusement je constatai que je m'étais donné un mal à peu près inutile, car n'ayant pas pied, je ne pouvais continuer mon travail. Je me vis donc dans la nécessité de nager derrière l'embarcation en la poussant avec une de mes mains aussi souvent que je le pouvais. Comme j'avais la marée pour moi, j'avançai assez près du rivage pour pouvoir maintenir mon menton hors de l'eau et trouver pied. Je me reposai deux ou trois minutes et puis je recommençai à pousser la chaloupe jusqu'à ce que la mer ne fût pas plus haute que mes aisselles.

De ce moment la partie la plus ardue de la besogne était faite et je n'eus qu'à prendre mes autres câbles qui étaient enroulés sur un des vaisseaux et à les attacher premièrement à l'embarcation, puis à neuf des vaisseaux qui m'accompagnaient.

Comme le vent nous favorisait et que les matelots tiraient pendant que je poussais, nous réussîmes à arriver à quarante yards du rivage. Ayant attendu que la mer se fût retirée, j'allai jusqu'à la chaloupe à pied sec, et avec le secours de deux mille hommes munis de cordes et de machines, je finis par la retourner sur sa quille et pus constater qu'elle n'avait été que très légèrement endommagée.

Je ne fatiguerai pas le lecteur avec le récit des difficultés que j'eus à surmonter pour arriver à amener — à l'aide d'espèces d'avirons que je mis dix jours à fabriquer — ma chaloupe dans le port royal de Blefuscu, où un immense concours de peuple se pressa à mon arrivée, totalement émerveillé à la vue d'un vaisseau si prodigieux. Je dis à l'Empereur que ma bonne fortune avait jeté cette chaloupe sur mon chemin, pour me transporter à quelque endroit, d'où je pourrais retourner dans mon pays natal et je suppliai Sa Majesté de vouloir bien donner des ordres pour qu'on me fournît les matériaux nécessaires pour mettre ce bâtiment en état, et de m'accorder également l'autorisation de partir, ce à quoi il voulut bien consentir après quelques reproches obligeants.

J'étais fort étonné, pendant tout ce temps, de n'avoir entendu parler d'aucun courrier envoyé à mon sujet par notre Empereur à la cour de Blefuscu, mais plus tard on me donna confidentiellement à entendre que Sa Majesté Impériale, ne pouvant s'imaginer que j'aie pu être, en aucune façon, informé de ses desseins, croyait que je n'étais allé à Blefuscu qu'en accomplissement de ma promesse et conformément à la permission qu'il m'en avait donnée, comme personne ne l'ignorait à la cour, et que je reviendrais dans peu de jours, dès que cette visite de convenance serait terminée.

Pourtant, à la fin, ma longue absence l'inquiéta, et, après avoir consulté le trésorier et le reste de la cabale, on dépêcha une personne de qualité avec une copie des articles dressés contre moi.

Cet envoyé avait des instructions pour représenter au souverain de Blefuscu la grande indulgence de son maître, qui se contentait de me punir en me faisant seulement arracher les yeux; que je m'étais soustrait à la justice, et que si je ne retournais pas dans deux heures, je serais privé de mon titre de *Nardac* et déclaré traître. L'envoyé ajouta encore que, pour maintenir la paix et l'amitié entre les deux empires, son maître espérait que son frère de Blefuscu donnerait des ordres pour me faire ramener, pieds et poings liés, à Lilliput, où je devais être puni comme un traître.

L'Empereur de Blefuscu, après avoir pris trois jours pour réfléchir, rendit une réponse remplie de compliments et d'excuses. Il représenta qu'à l'égard de « me renvoyer garrotté, son frère n'ignorait pas que c'était impossible et que, bien que je l'eusse privé de sa flotte, il ne m'en avait pas moins de grandes obligations pour tous les bons offices que je lui avais rendus pendant les négociations de la paix ».

Il ajouta que d'ailleurs Leurs Majestés seraient bientôt débarrassées de moi, car j'avais trouvé sur le rivage un vaisseau prodigieux, capable de me porter sur la mer; qu'il avait donné des ordres pour l'équiper avec mon aide et sous ma direction et qu'il espérait que, dans quelques semaines, les deux empires seraient débarrassés d'un fardeau si encombrant.

L'envoyé repartit pour Lilliput avec cette réponse, et le souverain de Blefuscu me raconta tout ce qui s'était passé, m'offrant en même temps (mais en stricte confidence) sa gracieuse protection, au cas où je consentirais à rester à son service.

Quoique je crusse sa proposition sincère, je résolus de ne jamais plus placer aucune confiance dans les princes ou dans les ministres, tant que je pourrais l'éviter. Je le priai donc de m'excuser, après lui avoir exprimé toute ma gratitude pour ses intentions favorables. Je lui dis que puisque la fortune, bonne ou mauvaise, avait jeté un vaisseau sur mon chemin, j'étais décidé à m'aventurer sur l'océan, plutôt que de m'exposer à être une occasion de différend entre deux monarques si puissants. L'Empereur ne me parut en aucune façon contrarié et plus tard, j'appris par hasard qu'il avait été bien aise de ma résolution, aussi bien du reste que la plupart de ses ministres.

Ces considérations m'engagèrent à partir un peu plus tôt que je n'en avais l'intention, et la cour, qui avait hâte de me voir m'en aller, y aida de son mieux. Cinq cents ouvriers furent employés à faire deux voiles à mon bateau, suivant mes instructions, en piquant treize doubles de leur plus forte toile. Je pris la
peine de faire
des cordages
et des câbles,
en tressant en-
semble dix,
vingt ou trente
de leurs plus
grosses et plus
fortes cordes.
Une grosse

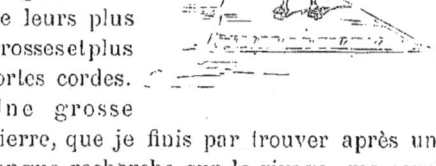

pierre, que je finis par trouver après une longue recherche sur le rivage, me servit d'ancre.

Je me procurai le suif de trois cents bœufs pour graisser ma chaloupe et pour d'autres usages. J'eus une peine incroyable à abattre quelques-uns de leurs plus grands arbres pour en faire des rames et des mâts, quoique je fusse bien secondé par les charpentiers des navires de Sa Majesté, qui m'aidèrent à les polir, lorsque j'eus fait le gros du travail.

Au bout d'environ un mois, quand tout fut prêt, j'envoyai demander les ordres de Sa Majesté pour prendre mon congé.

L'Empereur, accompagné de la famille royale, sortit du

palais. Je me couchai sur le visage pour lui baiser la main,
qu'il me tendit très gracieusement, de même que l'Impératrice et les jeunes princes du sang. Sa Majesté me fit présent

de cinquante bourses de deux cents *sprugs* chacune et de
son portrait grandeur naturelle, que je mis immédiatement
dans un de mes gants pour le mieux conserver. Les céré-
monies de mon départ furent si nombreuses que je ne crois

pas devoir en fatiguer le lecteur, pour le moment du moins.

Je chargeai sur ma chaloupe les carcasses de cent bœufs et de trois cents moutons, avec du pain et de la boisson à proportion, et avec une quantité de viande cuite aussi grande que quatre cents cuisiniers avaient pu me la préparer.

Je pris avec moi six vaches et deux taureaux vivants et un même nombre de brebis et de béliers, ayant l'intention de les emporter dans mon pays pour en propager l'espèce, sans oublier une grosse botte de foin et un sac de blé pour les nourrir à bord.

J'aurais bien voulu emmener une douzaine des naturels; mais l'Empereur ne voulut à aucun prix y consentir, et, en plus d'une perquisition minutieuse faite dans mes poches, Sa Majesté me fit donner ma parole d'honneur que je n'emporterais aucun de ses sujets, même avec leur propre consentement et sur leur demande.

Ayant ainsi préparé toutes choses aussi bien qu'il m'était possible, je mis à la voile le vingt-quatrième jour de septembre 1701, à six heures du matin, et, lorsque j'eus fait à peu près quatre lieues dans la direction du nord, le vent soufflant du sud-est, je découvris, vers les six heures du soir, une petite île à environ une demi-lieue au nord-ouest.

Je m'avançai et jetai l'ancre près de la côte de l'île, qui était à l'abri du vent et me parut être inhabitée. Je pris quelques rafraîchissements et allai me reposer. Je dormis bien pendant environ six heures, à ce que je supposai, car le jour commença à paraître deux heures après que je fus éveillé.

La nuit était claire. Je déjeunai donc avant le lever du soleil; puis, le vent étant favorable, je levai l'ancre et je gouvernai dans la même direction que j'avais suivie la veille, guidé par une boussole de poche.

Mon intention était de gagner, s'il était possible, une de

ces îles que j'avais quelque raison de croire situées au nord-
est de la terre de Van-Diemen.

Je ne découvris rien ce jour-là; mais le lendemain, vers
trois heures de l'après-midi, après avoir fait, d'après mes
calculs, vingt-quatre lieues à partir de Blefuscu, j'aperçus
un navire faisant route vers le sud-est; ma route était plein
est. Je le hélai, mais ne pus obtenir de réponse; pourtant
je vis que je gagnais sur lui, car le vent faiblissait. Je mis
toutes mes voiles, et au bout d'une demi-heure le navire,

m'ayant aperçu, arbora son pavillon et tira un coup de
canon.

Il n'est pas facile d'exprimer la joie que je ressentis à
l'espoir inattendu de revoir mon pays bien-aimé et les chers
gages que j'y avais laissés.

Le navire relâcha ses voiles et je l'accostai entre cinq et
six heures du soir, le 26 septembre. Mon cœur battit à se
rompre lorsque j'aperçus le drapeau anglais. Je mis mes
vaches et mes moutons dans les poches de mon justaucorps
et montai à bord avec toute ma petite cargaison de provisions.

C'était un vaisseau marchand anglais, revenant du Japon par les mers du Nord et du Sud, commandé par le capitaine John Biddel, de Deptford, un homme fort aimable et un excellent marin.

Nous étions alors à 30° de latitude sud. Il y avait environ cinquante hommes sur le vaisseau, et j'y retrouvai un de mes anciens camarades, nommé Peter Williams, qui parla avantageusement de moi au capitaine.

Ce galant homme me traita avec bienveillance et me pria de lui faire connaître d'où je venais en dernier lieu et où j'allais, ce que je fis en quelque mots; mais il crut que je déraisonnais et que les dangers que j'avais courus m'avaient dérangé la cervelle : sur quoi je tirai mes bêtes à cornes et mes moutons de ma poche, ce qui, tout en le jetant dans le plus grand étonnement, le convainquit clairement de la véracité de mes dires.

Je lui montrai ensuite les pièces d'or que m'avait données l'Empereur de Blefuscu, aussi bien que le portrait grandeur naturelle de Sa Majesté, et quelques autres raretés de ce pays. Je lui donnai deux bourses de deux cents *sprugs* chacune, et promis, à notre arrivée en Angleterre, de lui faire présent d'une vache et d'une brebis.

Je n'ennuierai pas le lecteur du récit détaillé de ce voyage qui fut presque tout le temps très heureux. Nous arrivâmes aux Dunes le 13 avril 1703. Je n'éprouvai qu'une seule mésaventure : les rats du bord emportèrent une de mes brebis et je retrouvai ses os dans un trou, toutes les chairs ayant été complètement rongées.

Je débarquai le reste de mon bétail sain et sauf et le mis paître dans un parterre de jeu de boule, à Greenwich, où la finesse du gazon l'engagea à y brouter avec plaisir, bien que j'eusse toujours craint le contraire. Je n'aurais certes pas pu conserver ces bêtes, si le capitaine ne m'avait pas donné un peu de son meilleur biscuit, qui, réduit en poudre et mêlé avec de l'eau, constitua toute leur nourriture pendant notre voyage.

Pendant le peu de temps que je restai en Angleterre, je réalisai un profit considérable en montrant mes bestiaux à beaucoup de personnes de qualité et à d'autres.

Avant de commencer mon second voyage, je les vendis pour six cents livres, et, depuis mon dernier retour en Angleterre, je vois que la race s'est considérablement multipliée, spécialement les moutons, qui seront, je l'espère, d'un grand avantage pour la manufacture des laines, à cause de la finesse de leurs toisons.

Je ne restai que deux mois avec ma femme et mes enfants, car mon désir insatiable de voir des pays étrangers ne me permit pas de demeurer plus longtemps. Je laissai quinze cents livres à ma femme et l'établis dans une bonne maison à Redriff.

J'emportai ce qui me restait avec moi, partie en argent, partie en marchandises, dans l'espérance d'augmenter ma fortune.

L'ainé de mes oncles, John, m'avait laissé une propriété près d'Epping, laquelle me rapportait environ trente livres par an, et j'avais à long bail la taverne du Tonneau-Noir,

16

dans Fetter Lane, qui m'en rapportait autant, de sorte que je n'avais pas à craindre de laisser ma famille à la charge de la paroisse. Mon fils Johnny, ainsi nommé d'après son grand-oncle, était à l'école secondaire où il faisait des progrès réguliers. Ma fille Betty (qui est maintenant bien mariée et a des enfants) apprenait alors les travaux de couture.

Je dis adieu à ma femme, à mon garçon et à ma fille, non sans larmes versées de part et d'autre, et je m'embarquai à l'aventure, sur un vaisseau marchand de trois cents tonneaux, à destination de Surate, commandé par le capitaine John Nicholas, de Liverpool.

Mais le récit de cette traversée doit être renvoyé à la seconde partie de mes voyages.

VOYAGE

AU PAYS DES HOUYHNHNMS

CHAPITRE PREMIER

L'Auteur part comme capitaine de navire. — Les hommes de son équipage
conspirent contre lui et le retiennent longtemps prisonnier dans sa cabine.
— On le débarque sur le rivage d'une terre inconnue. — Description des
yahous, étrange sorte d'animaux. — Rencontre de l'Auteur avec deux
Houyhnhnms.

 E passai environ cinq mois à la maison avec
ma femme et mes enfants de la façon
la plus heureuse, si j'avais pu comprendre où je me trouvais bien. Malgré cela
je quittai ma pauvre femme bien qu'elle
attendît un bébé, et acceptai l'offre avantageuse qu'on me faisait d'être capitaine de *l'Aventure*, un
fort navire marchand de trois cent cinquante tonneaux.

J'entendais parfaitement la navigation et j'étais fatigué de
ma situation de chirurgien de navire, que je pouvais du
reste encore exercer à l'occasion. Aussi me contentai-je
de prendre à bord un jeune médecin assez habile, du
nom de Robert Purefoy. Nous nous embarquâmes à
Portsmouth le 7 septembre 1710. Le 14, je rencontrai
à Ténériffe le capitaine Pocock, de Bristol, qui allait à la
baie de Campêche pour y prendre une cargaison de bois.
Le 16, une tempête le sépara de nous et j'appris, après
mon retour, que son navire avait sombré et que tout
l'équipage avait péri, à l'exception d'un mousse. C'était
un très brave homme, excellent marin, mais un peu trop
entêté, ce qui fut cause de sa perte, comme cela a causé
celle de beaucoup d'autres. En effet, s'il avait suivi mes
conseils, il serait probablement aujourd'hui chez lui dans
sa famille, tout comme moi.

La fièvre jaune m'enleva une partie des hommes de
mon équipage, de sorte que je fus forcé d'engager des
recrues aux Barbades et aux îles Leeward où je mouillai,
suivant les instructions de mes armateurs.

Mais je ne tardai pas à me repentir d'avoir fait d'aussi
mauvaises recrues, car la plus grande partie était com-
posée d'anciens boucaniers. J'avais cinquante hommes à
bord, et mes instructions étaient de trafiquer avec les
Indiens de la mer du Sud et de faire les découvertes que
je pourrais. Les forbans que j'avais ramassés débauchè-
rent le reste de mon équipage et tous formèrent le complot de s'assurer de ma personne pour s'emparer du
navire. Donc, un matin, ils se ruèrent dans ma cabine et
me ligotèrent, en me menaçant de me jeter par-dessus
bord si je faisais mine de bouger. Je dus leur dire que

j'étais leur prisonnier et que je me soumettais. Après me l'avoir fait jurer, ils me délièrent, se bornant à m'enchaîner par les jambes près de mon lit, et de placer à ma porte une sentinelle avec le fusil chargé et l'ordre de me tuer si j'essayais de me sauver. Ils me firent descendre à boire et à manger et prirent la direction du vaisseau. Leur intention était de se faire pirates et de piller les Espagnols, mais ils ne pouvaient y réussir avant d'être plus nombreux. Ils résolurent donc de vendre d'abord la cargaison du navire, puis de se rendre à Madagascar pour faire des recrues, car depuis que j'étais prisonnier, plusieurs hommes étaient déjà morts. Ils tinrent la mer pendant plusieurs semaines et trafiquèrent avec des Indiens, mais je ne pouvais savoir quelle direction ils suivaient, étroitement confiné comme je l'étais dans ma cabine, et m'attendais à chaque instant à être massacré, comme ils m'en menaçaient souvent.

Le 9 mai 1711, un certain Jacques Welch entra dans ma cabine et me dit qu'il avait reçu ordre du capitaine de me mettre à terre. Je tentai, mais inutilement, de lui faire quelques remontrances. Il ne voulut même pas me dire qui était leur nouveau capitaine. On me fit descendre de force dans la chaloupe, après m'avoir laissé faire un paquet de mes hardes, mais en ne me laissant d'autre arme que mon sabre. On eut aussi la politesse de ne pas fouiller mes poches où étaient renfermés — en dehors de tout l'argent que je possédais, — plusieurs petits objets qui pouvaient m'être fort utiles. Les matelots ramèrent pendant la distance d'environ une lieue, et m'abandonnèrent sur une grève. Je leur demandai de me dire dans quel pays je me trouvais, mais tous me déclarèrent qu'ils

ne le savaient pas plus que moi, ajoutant que le capitaine, — car ils lui donnaient ce titre, — avait résolu, après
avoir vendu la cargaison, de se débarrasser de moi à la
première terre que l'on découvrirait. Puis ils poussèrent
au large aussitôt, m'engageant à me hâter de peur que la
marée ne me surprenne, et me dirent adieu.

Ce fut dans cette situation désolante que je quittai les
sables et atteignis bientôt un tertre où je m'assis pour
réfléchir à ce que j'avais de mieux à faire. Quand je
me fus un peu reposé, j'avançai dans les terres, décidé à
me livrer aux premiers sauvages que je rencontrerais et à
leur acheter ma vie avec des bracelets, des bagues et
autres bagatelles dont les marins se munissent ordinairement dans ces sortes de voyages et dont j'avais heureusement quelques échantillons sur moi.

Le pays était divisé par de longues rangées d'arbres
irrégulièrement plantés, mais poussant naturellement. Il
s'y trouvait beaucoup d'herbages et un grand nombre de
champs d'avoine. Je marchai avec circonspection, craignant
d'être surpris ou frappé traîtreusement d'une flèche par
derrière ou de côté. Je finis par arriver à un grand chemin où je remarquai beaucoup d'empreintes de pieds
humains, aussi quelques-unes de vache, mais la plupart
de cheval. Finalement, j'aperçus plusieurs animaux dans
un champ et un ou deux de la même espèce perchés dans
les arbres. Leurs formes me paraissaient singulières et
difformes, ce qui ne laissa pas de me troubler et fut
cause que je me cachai derrière un fourré pour les mieux
observer. Quelques-uns d'entre eux s'avancèrent vers le
lieu où j'étais couché et me permirent de bien examiner
leur figure. Leur tête et leur poitrine étaient couvertes

d'un poil épais, frisé chez les uns, plat chez les autres. Ils
avaient des barbes de bouc et une longue ligne de poils
le long du dos et sur le devant des jambes et des pieds.
Tout le reste de leur corps était tellement nu que je pouvais voir leur peau, qui était couleur de daim foncée. Ils
grimpaient aux arbres les plus élevés aussi lestement qu'un
écureuil, car ils avaient aux pattes de devant et de derrière de fortes et longues griffes, terminées en pointes

aiguës et recourbées. Ils sautaient, bondissaient et s'élan-
çaient avec une agilité prodigieuse.

Les femelles étaient un peu plus petites que les mâles.
Bref, je n'avais jamais, dans mes voyages, vu d'animal
aussi laid, ni m'ayant inspiré une aussi vive antipathie.
Aussi, jugeant que j'en avais observé assez, je me relevai
plein de mépris et de dégoût et rentrai dans le grand
chemin, espérant qu'il me conduirait à la hutte de quelque
Indien.

J'avais à peine fait quelques pas que je rencontrai, au
milieu de la route, une de ces créatures qui venait directement à moi. A mon aspect il s'arrêta net, fit une infinité de grimaces et se mit à me regarder comme un être

qui lui était tout à fait inconnu. Il s'approcha et leva la patte de devant, par curiosité ou par méchanceté, ce que je ne pouvais dire. Je tirai mon sabre et lui en donnai un bon coup avec le plat, n'osant frapper avec le tranchant, par crainte que les habitants ne fussent prévenus contre moi s'ils venaient à savoir que j'avais tué ou blessé quelqu'un de leurs bestiaux. Lorsque l'animal sentit la douleur, il recula et hurla si fort qu'un troupeau d'au moins quarante bêtes de son espèce arrivèrent du champ voisin et m'entourèrent en poussant d'horribles cris et faisant d'affreuses grimaces. Je courus m'adosser à un tronc d'arbre et parvins à les tenir à distance avec mon sabre.

Je les vis alors se sauver aussi vite que possible et me risquai à quitter l'arbre pour reprendre ma route, me demandant ce qui avait bien pu les effrayer ainsi. En regardant à gauche, j'aperçus un cheval marchant tranquillement dans le champ. C'était la vue de ce cheval qui les avait fait si vite décamper. Le cheval se cabra un peu en approchant, mais il se remit bientôt, et ensuite, me regarda fixement avec des signes manifestes de satisfaction. Il examina attentivement mes mains et mes pieds en tournant autour de moi. Je voulus poursuivre, mais il se mit en travers de mon chemin, en me regardant toutefois d'un œil très doux et sans essayer de me faire aucune violence. Nous nous considérâmes l'un l'autre pendant un peu de temps; enfin je me risquai à lui passer la main sur le cou pour le caresser, en parlant et en sifflant, comme font les palefreniers quand ils s'approchent d'un cheval qu'ils ne connaissent pas. Cet animal sembla accueillir mes politesses avec dédain, car il secoua la tête, fronça les sourcils et leva légèrement le pied droit pour écarter

ma main. Il poussa ensuite trois ou quatre hennissements,
mais avec des accents si variés que je commençai à croire
qu'il se parlait à lui-même dans un langage particulier.

Sur ces entrefaites arriva un autre cheval qui salua le
premier avec les plus grandes marques de politesse. Ils
se touchèrent doucement le sabot droit de devant et hen-

nirent plusieurs fois l'un après l'autre, modulant diffé-
remment le son de leurs hennissements, si bien qu'ils
paraissaient être articulés. Ils s'éloignèrent de quelques
pas, comme pour conférer ensemble, marchant gravement
côte à côte comme des personnes qui tiennent conseil sur
quelque affaire importante, mais en ayant toujours l'œil sur
moi, comme s'ils avaient peur que je ne m'échappasse.
J'étais absolument stupéfait de voir de telles actions et
une telle conduite chez des bêtes, et j'en conclus à part

moi que, si les habitants de ce pays étaient doués d'un
degré de raison proportionné, ils devaient former le peuple
le plus sage de la terre. Cette réflexion me donna tant de
courage que je résolus d'avancer dans le pays jusqu'à ce
que j'eusse découvert quelque village ou quelque maison,
ou rencontré quelque habitant, et de laisser là les deux
chevaux discourir ensemble tout à leur aise. Mais le premier, un gris pommelé, remarquant que je cherchais à
m'esquiver, hennit après moi d'un ton si expressif que je
m'imaginai comprendre ce qu'il voulait dire. Je me retournai et m'approchai de lui pour recevoir ses ordres, tout
en dissimulant ma frayeur de mon mieux, car je commençai à éprouver quelque inquiétude sur l'issue de cette
aventure qui ne me semblait rien moins que plaisante,
comme le lecteur peut aisément se l'imaginer.

Les deux chevaux me serrèrent de près et se mirent
à examiner attentivement ma figure et mes mains. Le
cheval gris frotta mon chapeau tout autour avec son sabot
droit de devant et le bossela tellement que je fus obligé
de l'ôter pour lui redonner sa forme, après quoi je le
remis sur ma tête. Cela parut les surprendre beaucoup,
lui et son compagnon, le cheval bai brun. Celui-ci tâta le
pan de mon justaucorps, et trouvant qu'il était lâche et
pendait autour de moi, ils me semblèrent exprimer l'un
et l'autre de nouveaux signes d'étonnement. Il caressa
ma main droite, paraissant charmé de la douceur et de
la couleur de ma peau, mais il la serra si fort entre son
sabot et son paturon, que je ne pus m'empêcher de crier
de toute ma force, ce qui me valut de leur part toutes
sortes de caresses des plus délicates. Mes souliers et mes
bras semblaient leur donner les plus vives inquiétudes;

ils les flairèrent et les tâtèrent plusieurs fois, se hennis-
sant l'un à l'autre et faisant différents gestes semblables
à ceux d'un philosophe qui veut entreprendre d'expliquer
quelque nouveau phénomène.

Je me risquai à leur tenir le discours suivant :

« Messieurs les Chevaux, si vous êtes des enchanteurs,
comme j'ai tout lieu de le croire, vous devez comprendre
toutes les langues, et c'est pourquoi je prends la liberté
de faire savoir à Vos Seigneuries que je suis un malheureux Anglais que ses infortunes ont fait échouer dans
votre pays. Je supplie donc l'un ou l'autre de vous, — si
toutefois vous êtes de vrais chevaux, — de me permettre
de monter sur son dos pour que je puisse gagner quelque
village ou quelque habitation où j'aurai chance de trouver
du secours. En reconnaissance de cette faveur, je vous
ferai présent de ce couteau ou de ce bracelet. »

Puis je tirai en même temps ces deux objets de ma
poche. Les deux animaux avaient gardé le silence pendant que je parlais, m'écoutant avec la plus grand attention, et, lorsque j'eus fini, ils se mirent à hennir tour à
tour, en se tournant l'un vers l'autre, comme s'ils étaient
engagés dans une conversation suivie. Je ne puis m'empêcher de remarquer que leurs hennissements étaient
significatifs et exprimaient des mots, dont il serait peut-
être possible de dresser un alphabet au moins aussi aisé
que celui des Chinois.

Je les entendis souvent répéter le mot *Yahoo* dont je
distinguai le son sans pouvoir en comprendre le sens,
mais, tandis que les chevaux s'entretenaient, j'essayai
plusieurs fois de le prononcer comme eux. Lorsqu'ils
eurent cessé de parler, je me mis à crier *Yahoo*, aussi haut

que je pus, en tâchant d'imiter d'aussi près que je le pouvais le hennissement d'un cheval. Cela parut les surprendre extrêmement; le gris pommelé, répétant deux fois le même mot, sembla vouloir m'apprendre comment il fallait le prononcer. Je le répétai après lui, le mieux qu'il me fut possible, et je m'aperçus que je faisais à chaque fois des progrès sensibles, tout en restant bien loin de la perfection. Alors le bai sembla vouloir m'apprendre un autre mot beaucoup plus difficile à prononcer, et qui, réduit à l'orthographe anglaise, pouvait s'épeler ainsi : *Houynhnm*. Je n'y réussis pas aussi bien qu'au premier, mais, après deux ou trois autres essais, je fus plus heureux, et tous les deux parurent enchantés de mon intelligence.

Les deux camarades eurent encore entre eux quelques mots de conversation, — sans doute à mon sujet, — puis ils prirent congé l'un de l'autre avec les mêmes formes de politesse, qui consistaient à se cogner légèrement le sabot. Le gris me fit signe alors de marcher devant lui. Je jugeai sage d'obéir jusqu'à ce que j'eusse trouvé un meilleur guide. Quand j'avais l'air de vouloir ralentir le pas, il criait : *Hhunn, hhunn*. Je me doutais de ce qu'il voulait dire et je lui donnais à entendre, aussi bien que je le pouvais, que j'étais bien las et incapable de marcher plus vite. Alors il s'arrêtait un peu pour me laisser reposer.

CHAPITRE II

Un Houyhnhnm conduit l'Auteur chez lui. — Description de la maison.
— L'accueil fait à l'Auteur. — Nourriture des Houyhnhnms. — Situation
précaire de l'Auteur faute de nourriture. — Il est enfin tiré d'embarras. —
Sa manière de pourvoir à sa subsistance dans ce pays.

 UAND nous eûmes marché environ trois
milles, nous arrivâmes à un long bâti-
ment construit de pièces de charpentes
enfoncées dans le sol et réunies par une
claire-voie, et dont le toit était bas et
recouvert de paille. Je commençai à reprendre courage et je sortis quelques menus objets sans
valeur que les voyageurs portent d'ordinaire comme présents aux sauvages de l'Amérique et des autres parties du
monde, espérant ainsi bien disposer les gens de la maison
à me faire bon accueil. Le cheval me fit signe d'entrer
le premier, et je pénétrai dans une grande chambre avec
un sol d'argile unie, et un râtelier et une mangeoire qui

occupaient tout un côté de la pièce. J'y vis trois chevaux et deux juments qui ne mangeaient pas et dont certains étaient assis sur leurs jarrets, ce qui m'étonna
extrêmement. Mais je fus encore plus émerveillé de voir
les autres s'occuper d'affaires de ménage.

Au bout de cette chambre, il y en avait trois autres
tenant toute la longueur de l'habitation. On y pénétrait
par trois portes placées droit en face l'une de l'autre.
Nous traversâmes la seconde chambre en nous dirigeant
sur la troisième. Là, le cheval gris entra le premier en
me faisant signe d'attendre. Je restai dans la seconde
chambre, où je préparai mes présents pour le maître et
la maîtresse de la maison, à savoir : deux couteaux, trois
bracelets de perles fausses, un petit miroir et un collier
de verroterie. Le cheval hennit trois ou quatre fois, et
j'attendais quelque réponse de voix humaines, mais je
n'entendis pour toute réplique que d'autres hennissements, un ou deux seulement sur un ton plus perçant
que le sien. Je m'imaginai alors qu'il fallait que le maître
de cette maison fût une personne de qualité, puisqu'on
me faisait ainsi attendre en cérémonie, comme dans une
antichambre, et en même temps je ne pouvais concevoir
qu'un homme de qualité fût exclusivement servi par des
chevaux. A un moment je me pris à craindre que mes
infortunes et mes souffrances n'eussent troublé mon cerveau. Je me secouai et je regardai autour de moi dans
la chambre où j'étais resté seul : elle était meublée exac-
tement comme la première, quoique d'une façon plus
élégante. Je me frottai les yeux à plusieurs reprises,
mais les objets m'apparurent toujours les mêmes. Ensuite
je me pinçai les bras et les côtes, supposant qu'après

tout je pouvais être le jouet d'un songe. Finalement je
conclus que toutes ces apparences ne pouvaient être autre
chose que nécromancie et magie. Je n'eus pas le loisir
de poursuivre longtemps ces réflexions, car le cheval
gris vint à la porte et me fit signe de le suivre dans la
troisième chambre, où je vis une cavale de très bonne
mine, avec un poulain et une pouliche, assis sur des
nattes de paille artistement tressées et parfaitement nettes
et propres.

La cavale se leva de sa natte à mon arrivée et s'approcha de moi. Après avoir considéré attentivement mon
visage et mes mains, elle me lança un coup d'œil de
mépris, après quoi elle se tourna vers le cheval et j'entendis le mot *Yahoo* souvent répété entre eux. Je ne pouvais alors comprendre le sens de ce mot, bien que ce
fût le premier que j'eusse appris à prononcer. Je ne tardai
pourtant pas à être mieux renseigné, pour mon éternelle
mortification, car le cheval m'ayant fait signe de le suivre,
et répétant, comme il l'avait fait sur la route, le *hhunn,
hhunn* que j'interprétai comme un ordre de le suivre, me
conduisit dans une sorte de cour où il y avait un autre
bâtiment, à quelque distance de la maison. Nous y en-
trâmes et je vis trois de ces horribles bêtes, — comme
j'en avais vu dans le champ, — en train de se repaître
de racines et de la chair de certains animaux que je sus
plus tard être des ânes et des chiens, ou quelquefois
une vache morte d'accident ou de maladie. Ils étaient
tous attachés par le cou avec de forts liens d'osier fixés
à une poutre. Ils tenaient leur nourriture entre les griffes
de leurs pattes de devant et la déchiraient avec leurs
dents.

Le maître cheval ordonna à un bidet alezan, l'un de ses serviteurs, de détacher le plus gros de ces animaux et de l'amener dans la cour. On nous plaça, la bête et moi, tout à côté l'un de l'autre, et nos physionomies furent soigneusement comparées par le maître et le domestique, qui, après cet examen, répétèrent plusieurs fois le mot *Yahoo*. Je ne saurais exprimer ma surprise et mon horreur, lorsque, après avoir considéré de près cet affreux animal, je remarquai en lui tous les traits et toute la figure d'un homme, excepté qu'il avait le visage large et plat, le nez écrasé, les lèvres épaisses et la bouche très grande. Ce Yahoo avait les pattes de devant semblables à mes mains, si ce n'est qu'elles étaient armées d'ongles fort grands et que la peau était brune, rugueuse et couverte de poils sur le dos. Il y avait entre nos pieds la même ressemblance et les mêmes différences.

La grande difficulté qui semblait embarrasser ces chevaux était de voir le reste de mon corps si différent de celui d'un Yahoo. Je devais cela à mes habits qu'ils ne pouvaient s'expliquer. Le bidet alezan m'offrit une racine qu'il tenait, — suivant leur mode, que nous décrirons en son lieu, — entre le sabot et le paturon. Je la pris dans ma main, et, après l'avoir sentie, je la lui rendis aussi poliment que je pus. Il apporta du chenil des Yahoos un morceau de chair d'âne, mais cela sentait si mauvais que je m'en détournai avec dégoût. Alors il le jeta à un Yahoo qui le dévora avec avidité. Il me montra une brassée de foin et une mesure d'avoine, mais je secouai la tête pour tâcher de lui faire entendre que ni l'un ni l'autre ne pouvaient être une nourriture à mon usage. En somme je commençai à craindre sérieusement d'être réduit à mourir de faim si je n'arrivais pas à rencontrer des hommes de mon espèce.

Le maître cheval porta son sabot de devant à sa bouche, ce qui m'étonna beaucoup, bien qu'il le fît très aisément et d'un mouvement qui semblait parfaitement naturel, et il me fit d'autres signes pour tâcher de savoir ce que je voulais manger. Malheureusement je ne pouvais lui faire

de réponse qu'il fût capable de comprendre, et, même s'il avait pu comprendre, je ne voyais pas comment il était possible de s'arranger pour me procurer des aliments. Pendant que nous étions ainsi occupés, j'aperçus une vache qui passait. Je la désignai du doigt et exprimai le désir d'aller la traire. Cela produisit son effet, car aussitôt après le maître me ramena à la maison et ordonna à une jument domestique d'ouvrir une salle où je trouvai une grande quantité de terrines pleines de lait, très régulièrement et très proprement rangées. L'on m'en donna un grand bol, que je bus avec grand plaisir, et je me trouvai bientôt tout à fait restauré.

Vers midi, je vis arriver du côté de la maison une espèce de chariot, tiré par quatre Yahoos. Il y avait dedans un vieux cheval, qui paraissait être un personnage de distinction. Il descendit les pieds de derrière les premiers, s'étant blessé par accident le pied gauche de devant. Il venait dîner chez notre maître qui le reçut avec de grandes politesses. On dîna dans la plus belle chambre, et le second service se composait d'avoine bouillie dans du lait que le vieux cheval mangea chaude, tandis que les autres la prenaient froide. Leurs mangeoires étaient rangées en cercle au milieu de la pièce, et divisées en plusieurs compartiments, autour desquels ils étaient assis sur des bottes de paille. Au milieu était un grand râtelier avec des angles correspondant à chaque compartiment de la mangeoire. Le maintien du jeune poulain et de la jeune pouliche semblait très modeste; le maître et la maîtresse étaient extrêmement gais et pleins de prévenances pour leur hôte. Le cheval gris m'ordonna de me tenir à son côté. Ils causèrent longtemps à mon sujet, son ami et lui, comme je m'en aperçus par les regards que me jetait souvent l'étranger et par les fréquentes répétitions du mot *Yahoo*.

Comme je portais mes gants, le maître cheval gris s'en aperçut et cela parut l'inquiéter, car il se demandait ce que j'avais bien pu faire à mes pieds de devant. Il les toucha trois ou quatre fois avec son sabot, comme s'il avait voulu me dire de les ramener à leur première forme. Je le fis aussitôt en ôtant mes gants et en les mettant dans ma poche. Ce fut un nouveau sujet de conversation et je vis que la société était satisfaite de ma conduite.

Lorsque le dîner fut terminé, le maître cheval me prit à part et me fit comprendre par des gestes et par la parole la peine qu'il ressentait à voir que je n'avais rien à manger. L'avoine dans leur langue s'appelait *Kluunh*. Je prononçai ce mot deux ou trois fois, car bien que j'eusse d'abord refusé d'en manger, je me ravisai et réfléchis que j'en pourrais faire une espèce de pain, ce qui, avec le lait, suffirait à me nourrir jusqu'à ce que je pusse m'échapper dans un autre pays auprès d'êtres de mon espèce. Immédiatement le maître ordonna à une jument domestique blanche de sa maison de m'apporter une bonne quantité d'avoine, sur une sorte de plateau de bois. Je fis rôtir l'avoine aussi bien que je pus, puis je la frottai jusqu'à ce que j'eusse réussi à enlever l'écorce. Alors je broyai le grain et le battis entre deux pierres ; je pris ensuite de l'eau et pétris un gâteau que je fis cuire devant le feu et que je mangeai chaud avec du lait. Ce fut d'abord pour moi une nourriture bien insipide, — quoique ordinaire en plusieurs endroits de l'Europe, — mais je m'y accoutumai avec le temps.

Il m'était souvent arrivé dans ma vie d'être réduit à faire maigre chère, et ce n'était pas la première fois que j'expérimentais combien la nature se satisfait aisément. Il est vrai que je réussissais de temps en temps à attraper un lapin ou un oiseau, à l'aide de lacets faits de poils de Yaoho. Souvent aussi je cueillais des herbes salutaires que je faisais bouillir ou que je mangeais en salade, et quelquefois même, par gourmandise, je faisais un peu de beurre et en buvais le petit-lait. Dans les premiers temps, le sel me manqua beaucoup; mais je m'accoutumai vite à m'en passer, et j'en conclus que le grand usage du sel parmi nous est uniquement un effet de notre intempérance et n'a été primitivement introduit que pour exciter à boire, quoique, cependant, il était nécessaire pour conserver la viande pendant les longues traversées ou dans les lieux éloignés des grands marchés. Il est, en effet, à remarquer que l'homme est le seul animal aimant à mêler du sel dans sa nourriture, et, quant à moi, lorsque je quittai ce pays, je fus très longtemps avant d'en pouvoir souffrir le goût dans n'importe quel aliment.

C'est assez parler, je crois, de ma nourriture. D'autres voyageurs en remplissent leurs récits, comme si le lecteur devait s'intéresser à savoir s'ils ont fait bonne chère ou non. Cependant il était nécessaire d'en parler pour empêcher le monde de s'imaginer qu'il me fut impossible de trouver de quoi subsister pendant trois ans dans un tel pays et parmi de tels habitants.

Lorsque la nuit approcha, le maître cheval m'assigna un emplacement pour mon logement, à six yards de là.

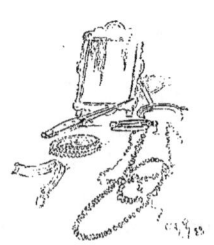

CHAPITRE III

E m'appliquai tout d'abord à apprendre la
langue que le Houyhnhnm mon maître, — c'est ainsi que je l'appellerai
désormais, — et tous ses domestiques
paraissaient bien disposés à m'enseigner. Ils me regardaient comme un
prodige, car ils étaient surpris qu'un être de mon espèce
montrât ainsi toutes les aptitudes d'un être raisonnable.
Je montrais chaque chose du doigt et m'informais de son
nom que j'écrivais sur mon journal lorsque j'étais seul,
et je corrigeais mon accent en priant les gens de la
maison de répéter le mot souvent devant moi. C'était un

service qu'un bidet alezan, un des domestiques subal-
ternes, était toujours prêt à me rendre.

Les Houyhnhnms parlent en même temps du nez et
de la gorge, et leur langage se rapproche beaucoup plus du
haut hollandais et de l'allemand, que d'aucun autre que
je connaisse en Europe, mais il est plus harmonieux et
expressif. L'empereur Charles-Quint semble avoir été de
cet avis quand il a dit que, s'il devait parler à son cheval,
il lui parlerait en allemand. La curiosité et l'impatience
de mon maître étaient si grandes qu'il employait la plupart de ses heures de loisir à me donner des leçons. Il
était convaincu, comme il me l'a avoué depuis, que je
devais être un Yahoo, mais ma facilité à apprendre, ma
politesse et ma propreté l'étonnaient, car c'étaient des
qualités absolument inconnues à ces animaux. Mes habits
le mettaient dans une grande incertitude et il se demandait parfois s'ils faisaient partie de mon corps, car je ne
les ôtais jamais avant que la famille fût endormie, et je
les remettais le matin avant que personne fût éveillé.
Mon maître était très désireux de savoir d'où je venais,
et comment j'avais acquis cette espèce de raison qui se
manifestait dans toutes mes actions. Il aurait voulu
apprendre mon histoire de ma propre bouche, et il
comptait bien y arriver bientôt, grâce aux rapides progrès que je faisais dans la connaissance de la langue et
dans la prononciation des mots.

Enfin, au bout d'environ dix semaines, j'étais en état
de comprendre la plupart de ses questions, et, en trois
mois, je fus capable de lui répondre passablement. Il
tenait beaucoup à savoir de quelle partie du pays je
venais, et comment on m'avait appris à agir comme une

personne raisonnable, car les Yahoos, avec quelque apparence de ruse et les plus grandes dispositions à la méchanceté, étaient reconnus pour les bêtes les plus difficiles à apprivoiser. Je lui répondis que je venais d'un pays lointain, au delà des mers, avec beaucoup d'autres individus de mon espèce, dans un grand vaisseau creux fait avec des troncs d'arbres; que mes compagnons m'avaient mis à terre sur cette côte et abandonné à mes propres ressources. J'eus beaucoup de difficulté à me faire entendre, et je dus pour y arriver joindre un grand nombre de signes au langage. Mon maître me répliqua qu'il fallait que je me trompasse ou que *j'eusse dit la chose qui n'était pas*, — car il n'existe pas de mot dans leur langue pour exprimer le mensonge ou la fausseté. Il savait qu'il ne pouvait y avoir un pays au delà de la mer et il ne pouvait admettre qu'une poignée de brutes pût diriger un vaisseau de bois sur l'eau. Il était certain qu'aucun Houyhnhnm ne serait capable de construire un tel vaisseau, ni ne voudrait en confier la conduite à des Yahoos.

Le mot *Houyhnhnm*, dans leur langue, signifie *cheval*, et veut dire, selon son étymologie, le *chef-d'œuvre de la nature*. Je répondis à mon maître que les expressions me manquaient, mais que j'espérais bien, grâce à mes progrès, être à même de lui raconter dans quelque temps des choses qui le surprendraient beaucoup. Il exhorta sa cavale, son poulain, sa pouliche et tous ses serviteurs à profiter de toutes les occasions de m'instruire, et chaque jour, pendant deux ou trois heures, il prenait lui-même cette peine. Plusieurs chevaux et cavales du voisinage vinrent chez nous à plusieurs reprises, ayant entendu dire qu'il s'y trouvait un Yahoo extraordinaire, sachant parler comme un Houyhnhnm et semblant dans ses paroles et ses manières montrer quelques lueurs de raison. Ils prenaient plaisir à causer avec moi, me posant maintes questions auxquelles je répondais comme je pouvais. Tous ces avantages contribuèrent à me faire faire de tels progrès que, cinq mois après mon arrivée, je comprenais tout ce qu'on disait, et pouvais m'exprimer assez bien.

De son côté, il m'exhorta à me perfectionner dans la langue. Il ajouta qu'il attendait, avec la plus grande impatience, le moment où il pourrait entendre les merveilles que j'avais promis de lui raconter. Dès lors, il redoubla de soin pour m'instruire, me menant dans toutes les sociétés et exigeant que je fusse traité civilement.

Il serait inutile d'expliquer ici comment je parvins à soutenir avec lui une conversation de plus en plus suivie et je me bornerai à vous donner un abrégé du premier récit compréhensible et circonstancié que je lui fis.

Ainsi, je lui dis que je venais d'un pays très éloigné, comme j'avais déjà essayé de le lui faire entendre, accompagné d'environ cinquante de mes semblables. Nous voyagions sur les mers dans un grand vaisseau creux, fait de bois et plus grand que la maison de Son Honneur. Je lui décrivis le navire le mieux qu'il me fut possible, et ayant déployé mon mouchoir, je lui fis comprendre comment le vent qui enflait les voiles nous faisait avancer. A la suite d'une querelle qui s'était élevée parmi nous, j'avais été déposé sur cette côte; je m'étais enfoncé dans l'intérieur, ne sachant où j'allais, jusqu'au moment où il m'avait délivré de la persécution de ces vilains Yahoos. Il me demanda qui avait construit le navire, et comment il se faisait que les Houyhnhnms de mon pays en eussent confié la direction à des brutes. Je répondis qu'il m'était impossible de poursuivre mon récit, s'il ne me donnait sa parole d'honneur qu'il ne s'offenserait pas et que ce n'était qu'à cette condition que je pourrais lui raconter les choses merveilleuses que je lui avais promises. Il y consentit, et je continuai en lui affirmant que le navire avait été fabriqué par des créatures semblables à moi, lesquelles, dans tous les pays où j'avais voyagé, aussi bien que dans le mien, étaient les seuls animaux raisonnables et dominants. J'ajoutai qu'à mon arrivée ici, j'avais été aussi étonné de voir les Houyhnhnms agir comme des êtres raisonnables, que lui, ou ses amis, pouvaient l'être en trouvant quelques traces de raison dans une créature à laquelle il lui plaisait de donner le nom de Yahoo. Je reconnus que je ressemblais dans chaque partie de mon corps à ces Yahoos, mais je ne pouvais m'expliquer leur nature brutale et dégénérée. Je dis en outre que, si jamais ma bonne fortune me rendait à mon pays natal, et que je racontasse mes voyages, comme j'avais l'intention de le faire, tout le monde croirait que je dis *ce qui n'est pas* et invente une histoire fabuleuse. Enfin, que, — avec tout le respect que j'avais pour lui, pour toute sa famille et pour tous ses amis, et en profitant de sa promesse de ne pas s'offenser, — mes compatriotes auraient de la peine à trouver vraisemblable qu'il y ait un pays où le Houyhnhnm est la créature raisonnable et dirigeante, et le Yahoo la brute.

CHAPITRE IV

Idées des Houyhnhnms sur la vérité et le mensonge. — Le discours de l'Auteur est censuré par son maître. — L'Auteur donne des détails complémentaires sur lui et sur les incidents de son voyage.

ON maître m'avait écouté avec une physionomie qui trahissait un grand malaise, car douter ou ne pas croire sont des choses si peu connues en ce pays, que les habitants ne savent que faire en de semblables circonstances. Je me souviens très bien que, dans les nombreuses conversations que j'eus avec mon maître sur la nature de l'humanité dans les autres parties du monde, quand j'avais l'occasion de parler de mensonges et de fausses assertions, je ne pouvais que très difficilement lui faire concevoir ce que je voulais dire, quoiqu'il eût beaucoup de pénétration dans le jugement. En effet, il raisonnait ainsi : l'usage de la parole est de nous faire comprendre les uns les autres pour apprendre des faits; or, si quel-

qu'un dit ce qui n'est pas, le but de la parole ne peut être atteint, car on ne peut pas dire que je le comprends, et, bien loin de m'apprendre un fait, il me laisse dans un état pire que l'ignorance, puisque je suis appelé à croire une chose noire quand elle est blanche, et courte quand elle est longue. Et c'étaient là toutes les notions qu'il avait touchant cette faculté de mentir, pourtant si parfaitement comprise et si universellement pratiquée parmi les créatures humaines.

Mais laissons cette digression. Lorsque j'eus assuré à mon maître que les Yahoos étaient dans mon pays les seuls animaux gouvernants, ce qui, dit-il, dépassait absolument son intelligence, il me demanda si nous avions des Houyhnhnms parmi nous et quelle était leur fonction. Je lui répondis que nous en avions un très grand nombre; que, pendant l'été, ils paissaient dans les prairies; que, pendant l'hiver, on les entretenait dans des maisons avec du foin et de l'avoine, et que des domestiques Yahoos étaient employés à leur lisser la peau, à leur peigner la crinière, à leur nettoyer les pieds, à leur servir leur nourriture et à préparer leurs lits.

— « Je vous comprends parfaitement, dit mon maître. Il est dès lors bien évident, d'après tout ce que vous avez dit, que, quel que soit le degré d'intelligence auquel les Yahoos prétendent, les Houyhnhnms sont vos maîtres. Je souhaiterais de grand cœur que nos Yahoos ici fussent aussi traitables. » Je priai Son Honneur de vouloir bien m'excuser d'en dire davantage, parce que j'avais la certitude que les détails que j'allais me voir dans l'obligation de lui donner lui seraient très désagréables. Mais, sur son insistance et son ordre formel de lui faire con-

naître le bon comme le mauvais, je dus m'incliner. Je lui
dis donc que, chez nous, les Houyhnhnms, que nous appelons chevaux, étaient les animaux les plus généreux et
les plus beaux que nous eussions ; qu'ils excellaient pour
la force et la vitesse ; et que, lorsqu'ils appartenaient à
des personnes de qualité, on les employait à voyager,
à courir, ou à tirer des voitures ; qu'ils étaient traités
avec beaucoup de bonté et beaucoup de soins, jusqu'à ce
qu'ils tombassent malades ou qu'ils fussent fourbus ; car
alors on les vendait et ils étaient soumis à toutes sortes
de besognes pénibles jusqu'à leur mort. Quand ils mou-
raient, on les dépouillait, pour vendre leur peau le mieux
qu'on pouvait, après quoi, l'on abandonnait leur carcasse
en pâture aux chiens et aux oiseaux de proie. J'observai
que les chevaux de race commune n'avaient pas un sort
aussi heureux ; possédés par des fermiers, des charretiers et autres gens du menu peuple, ils étaient soumis
à un travail bien plus considérable, et beaucoup plus mal
nourris. Je décrivis de mon mieux notre façon de monter à cheval, la forme et l'usage de la bride, de la selle,
de l'éperon, du fouet, des harnais et des roues. J'ajoutai
que nous appliquions des plaques d'une certaine substance dure, appelée fer, à la surface inférieure de leurs
pieds, pour empêcher leurs sabots de se briser sur les
routes pierreuses par lesquelles nous voyagions souvent.

Mon maître, après avoir exprimé une grande indignation, s'étonna de notre hardiesse à nous risquer sur le
dos d'un Houyhnhnm, car il était certain que le plus
faible des serviteurs de sa maison serait capable de secouer
et de jeter à terre le plus fort des Yahoos, ou bien encore,
en se couchant et en se roulant sur le dos, d'écraser et

tuer l'animal. Je lui répliquai que nos chevaux étaient dressés depuis l'âge de trois ou quatre ans aux différents exercices auxquels nous les destinions; que si certains d'entre eux se montraient par trop rétifs, on les attelait à des charrettes; qu'on les battait vigoureusement, quand ils étaient jeunes, à la moindre marque d'indocilité; qu'ils étaient, à la vérité, sensibles aux caresses et aux châtiments; mais qu'ils n'avaient, — je priai humblement Son Honneur de vouloir bien le prendre en considération, — aucune teinte de raison, pas plus que les Yahoos de son pays.

J'eus beaucoup de peine à faire comprendre tout cela à mon maître, et il me fallut employer beaucoup de circonlocutions pour exprimer mes idées, parce que la langue des Houyhnhnms n'est pas riche, par suite de la restriction de leurs passions et de leurs besoins. Il est pourtant impossible d'exprimer la noble colère qu'il éprouva en apprenant notre façon sauvage de traiter la race houyhnhnm. Il déclara que s'il était possible qu'il y eût un pays quelconque où les Yahoos seuls fussent doués de raison, ils devaient nécessairement être les ani-

maux gouvernants, car la raison finit toujours par préva-
loir sur la force brutale. Mais, en considérant la forme
de nos corps, et du mien en particulier, il croyait qu'aucune créature de même taille n'était aussi mal conformée
pour faire usage de cette raison dans les fonctions ordinaires de la vie. A ce propos, il me demanda si les
Yahoos parmi lesquels je vivais me ressemblaient ou
étaient comme ceux de son pays. Je lui répondis que
j'étais aussi bien proportionné que les autres de mon âge,
mais que les jeunes mâles et les femelles avaient la peau
plus fine et plus délicate, et que celle de ces dernières
surtout était, dans mon pays, aussi blanche que du lait.
Il me dit qu'à la vérité, je différais des autres Yahoos,
étant beaucoup plus propre et pas tout à fait aussi difforme, mais qu'au point de vue des avantages réels, il
pensait que j'en différais en mal. Mes ongles n'étaient
d'aucun usage, ni aux pieds de devant, ni à ceux de derrière ; que même, en ce qui concernait mes pieds de
devant, il pouvait à peine les appeler de ce nom, car il
ne m'avait jamais vu m'en servir pour marcher ; qu'ils
étaient trop délicats pour supporter le contact du sol ;
que je les tenais ordinairement nus, et que la chose dont
je les couvrais n'était ni de la même forme, ni aussi forte
que celle que j'employais pour mes pieds de derrière. De
plus, je ne marchais pas sûrement, car si l'un ou l'autre
de mes pieds de derrière glissait, je devais inévitablement
tomber. Il se mit ensuite à critiquer toute la configuration
de mon corps, la platitude de mon visage, la proéminence
de mon nez, la situation de mes yeux attachés immédiatement au front, de sorte que je ne pouvais regarder ni
à droite, ni à gauche, sans tourner la tête. Pour prendre

mes aliments, il me fallait porter un de mes pieds de devant à ma bouche, et c'était apparemment pour cela que la nature y avait mis tant de jointures afin de suppléer à cet inconvénient. Il ne voyait pas quelle pouvait être l'utilité des articulations et des divisions de mes pieds de derrière, lesquelles étaient trop tendres pour pouvoir endurer des pierres pointues sous une enveloppe faite avec la peau de quelque autre animal. Mon corps tout entier avait besoin, pour se garantir contre le chaud et le froid, de couvertures que j'étais obligé de mettre et d'ôter chaque jour, malgré la fatigue et l'ennui. Enfin il remarquait que tous les animaux de son pays abhorraient les Yahoos, les plus faibles les évitant et les plus forts les chassant loin d'eux, de sorte qu'en supposant que nous eussions le don de la raison, il ne comprenait pas comment il était possible d'échapper à cette antipathie naturelle que tous les êtres éprouvaient pour nous, ni, par conséquent, comment nous pouvions arriver à les dresser pour en tirer aucun service. Néanmoins, ajouta-t-il, il ne voulait pas discuter la question davantage, parce qu'il était surtout désireux de connaître mon histoire, le pays où j'étais né, et les différentes actions et aventures de ma vie avant mon arrivée dans cette île.

Je répondis que j'étais disposé à lui donner satisfaction en tous points, mais je doutais beaucoup qu'il me fût possible de m'expliquer assez clairement sur des sujets dont Son Honneur ne pouvait avoir aucune idée, car je n'avais rien remarqué dans ce pays qui pût me servir de terme de comparaison. J'allais faire cependant de mon mieux en essayant de m'expliquer à l'aide d'analogies et en comptant sur sa bonne volonté pour me venir en aide lorsque je ne me servirais pas des termes propres, ce à quoi il s'empressa de consentir.

Je lui dis que j'étais né de parents honnêtes, dans une île appelée Angleterre, qui était éloignée de ce pays d'autant de journées de chemin que pourrait en faire le plus vigoureux des serviteurs de Son Honneur pendant la révolution annuelle du soleil. J'avais été instruit dans le métier de chirurgien, qui consiste à guérir les blessures ou les contusions que le corps reçoit par accident ou par violence. Mon pays était gouverné par un Yahoo femelle, que nous appelions reine, et je l'avais quitté pour amasser des richesses, afin de pouvoir subvenir aux besoins de ma famille lorsque je serais de retour. Dans mon dernier voyage, j'étais le commandant du navire et j'avais sous mes ordres une cinquantaine de Yahoos, dont beaucoup moururent en mer, de sorte que je fus forcé de les remplacer par d'autres de différentes nationalités. Notre navire avait été deux fois en danger de sombrer : la première fois dans une grande tempête, et la seconde fois en donnant contre un rocher. Ici mon maître m'interrompit pour me demander comment j'avais pu engager des étrangers de différentes contrées à s'aventurer avec moi, après les périls que j'avais courus et les pertes que j'avais subies. Je lui répondis que c'étaient tous des gens sans feu ni lieu, obligés d'abandonner leur pays à cause de leur pauvreté ou de leurs crimes. Les uns avaient été ruinés par des procès ; les autres avaient dépensé tout ce qu'ils avaient dans la boisson, la débauche et le jeu ; d'autres avaient dû s'enfuir à la suite de trahisons ; certains pour meurtre, vol, empoisonnement, brigandage, parjure, faux ; beaucoup pour avoir fabriqué de la fausse monnaie, pour avoir commis des rapts ou autres actes infâmes, pour avoir abandonné leur drapeau ou pour être passés à l'ennemi ; la plupart d'entre eux étaient des échappés de prison et aucun d'eux n'osait retourner dans sa patrie, de peur d'être pendu ou de mourir de faim dans une prison. Ils étaient donc condamnés à chercher les moyens de gagner leur vie dans d'autres lieux.

Pendant ce discours, mon maître crut devoir m'interrompre plusieurs fois. J'avais dû employer beaucoup de circonlocutions pour lui décrire la nature de certains crimes pour lesquels la plupart des gens de notre équipage avaient été obligés de s'enfuir de leur pays, et je dus passer plusieurs jours de conversation avec lui avant qu'il pût me comprendre. Il lui était absolument impossible de concevoir quelle pouvait être l'utilité ou la nécessité de pratiquer de tels vices. Pour lui rendre la chose plus claire, je tâchai de lui donner quelque idée du désir insatiable qu'ont certains hommes de devenir riches et puissants, et des effets funestes du luxe, de l'intempérance, de la haine et de l'envie, toutes choses que j'étais obligé de lui expliquer en établissant des cas et en faisant des suppositions. Alors, comme quelqu'un dont l'imagination a été frappée d'une chose jusque-là inconnue et inouïe, il levait les yeux, stupéfait et indigné. Le pouvoir, le gouvernement, la guerre, la loi, le châtiment et mille autres notions ne trouvaient point de termes dans cette langue qui pussent les exprimer. Par suite, la difficulté de pouvoir donner à mon maître une idée de ce que je voulais dire devenait presque insurmontable.

Pourtant, comme il avait un excellent jugement, que

la réflexion et la conversation avaient beaucoup déve-
loppé, il finit par arriver à comprendre à peu près tout
ce que la nature humaine dans les parties du monde que
nous habitons peut arriver à accomplir. Alors il me demanda de lui donner quelques détails particuliers sur
cette terre que nous appelons l'Europe, et spécialement
sur mon propre pays.

CHAPITRE V

L'Auteur, sur l'ordre de son maître, lui donne un aperçu de l'état de l'Angleterre. — Il indique les causes de guerre entre les souverains de l'Europe,
et commence à lui expliquer la constitution anglaise.

 E compte rendu suivant de fréquentes con-
versations que j'eus avec mon maître con-
tient un résumé des questions les plus
importantes sur lesquelles j'eus à m'expliquer à plusieurs reprises pendant deux
années, car Son Honneur désirait souvent
des renseignements plus complets, à mesure que je
faisais des progrès dans le langage des Houyhnhnms.
Je lui exposai aussi bien qu'il m'était possible l'état
général de l'Europe, parlant à tour de rôle du commerce,
des manufactures, des arts et des sciences. Les réponses
que je faisais à ses questions sur ces différents sujets
étaient la source de conversations inépuisables, mais je

ne crois devoir rappeler ici que la substance de ce qui fut dit entre nous relativement à mon propre pays, et je m'efforcerai d'y mettre tout l'ordre dont je suis capable, en me préoccupant peu du temps ni des autres circonstances, mais du moins en respectant strictement la vérité. Ma seule inquiétude est de n'être pas assez capable pour bien rendre les raisonnements et les expressions de mon maître qui, nécessairement, auront à souffrir de mon manque de talent, et se ressentiront de tout ce qu'ils perdront à être traduits dans notre anglais barbare.

Donc, pour me conformer aux ordres de Son Honneur, je lui racontai la révolution qui eut lieu sous le prince d'Orange, la longue guerre avec la France, engagée par ledit prince, et renouvelée par son successeur, la reine, — guerre à laquelle prirent part les plus grandes puissances de la chrétienté, et qui continuait encore. J'estimai, sur sa demande, qu'environ un million de Yahoos devaient avoir été tués pendant le cours de cette guerre, que peut-être cent villes ou plus avaient été prises, et cinq fois autant de navires brûlés ou coulés à fond.

Il me demanda quels étaient ordinairement les causes et les motifs à propos desquels un pays déclarait la guerre à un autre. Je lui répondis que ces causes étaient innombrables, mais que je lui mentionnerais quelques-unes des principales, et je les énumérai ainsi : parfois c'est l'ambition des princes, qui ne croient jamais avoir assez de terre ou de gens à gouverner; parfois la corruption des ministres, qui entraînent leurs maîtres dans une guerre afin d'étouffer ou de détourner les clameurs des sujets contre leur mauvaise administration. Les différences d'opinion ont coûté bien des millions d'existences. Par exemple sur la question de savoir si la chair est du pain, ou le pain de la chair; si le jus d'une certaine baie est du sang ou du vin; si siffler est une qualité ou un défaut; s'il vaut mieux baiser un poteau ou le jeter dans le feu; quelle est la meilleure couleur pour un vêtement, noire, blanche, rouge ou grise; si ce vêtement doit être long ou court, étroit ou large, sale ou propre, et bien d'autres choses tout aussi importantes. Jamais les guerres ne sont si acharnées ni si sanglantes que lorsqu'elles sont occasionnées par de pareilles différences d'opinion, et principalement quand ces différences portent sur des points tout à fait insignifiants.

Parfois aussi, il arrive qu'une querelle s'élève entre deux princes pour établir lequel des deux dépossédera un troisième de ses États, sur lequel ni l'un ni l'autre n'ont aucun droit. Parfois un prince se querelle avec un autre de peur que l'autre ne se querelle avec lui. Parfois une guerre est entreprise parce que l'ennemi est trop fort, et parfois parce qu'il est trop faible. Parfois les voisins veulent ce que nous possédons, ou possèdent ce que nous voulons; alors nous nous battons jusqu'à ce qu'ils aient pris

notre bien, ou qu'ils nous aient cédé le leur. C'est un cas
de guerre tout à fait légitime que d'envahir un pays après
que sa population a été ravagée par la famine, décimée
par la peste ou déchirée par des factions intestines. Il est
légitime de nous mettre en guerre contre notre plus proche allié, lorsque nous trouvons à notre convenance une
de ses villes, un territoire qui arrondirait nos possessions,
et les rendrait plus compactes. Si un prince envoie des
troupes dans un État où la population est pauvre et igno-
rante, il peut légalement en mettre la moitié à mort, et
réduire le reste à l'esclavage, dans le but de les civiliser
et de les arracher à la barbarie de leur manière de vivre.
C'est une pratique tout à fait royale, honorable et fré-
quente, lorsqu'un prince demande l'assistance d'un autre
pour se préserver d'une invasion, que ce dernier, après
avoir chassé l'envahisseur, s'empare lui-même des possessions du prince qu'il est venu secourir, le tue, l'em-
prisonne ou le bannisse. La parenté et les mariages sont
de fréquentes causes de guerre entre les princes, et plus
on est proche parent, plus grande est la disposition à se
quereller. Les nations pauvres sont faméliques, et les
nations riches sont orgueilleuses, et l'orgueil et la faim
ne s'accorderont jamais. C'est pour toutes ces raisons
que le métier de soldat est considéré comme le plus honorable de tous, car un soldat est un Yahoo payé pour tuer
de sang-froid un aussi grand nombre que possible d'individus de notre espèce qui ne l'ont jamais offensé.

Il y a aussi en Europe une espèce de princes men-
diants, incapables de faire la guerre par eux-mêmes,
qui louent leurs troupes à des nations plus riches, à
tant par jour pour chaque soldat, somme dont ils gar-

dent pour eux les trois quarts et qui constitue la meilleure partie de leur revenu. Tels sont ceux de beaucoup
de pays de l'Europe septentrionale. Voici quelle fut la
réponse de mon maître :

— « Ce que vous m'avez dit à propos de la guerre
montre d'une façon admirable les effets de cette raison
à laquelle vous prétendez. Il est cependant heureux que
la honte soit plus grande que le danger, et que la nature
vous ait mis dans l'incapacité de faire beaucoup de mal.
En effet, avec une bouche s'ouvrant immédiatement sur
votre face plate, il vous est presque impossible de vous
mordre les uns les autres, à moins que vous ne vous y
prêtiez. Quant aux griffes de vos pieds de devant et de
derrière, elles sont si courtes et si molles qu'un seul de
nos Yahoos en chasserait une demi-douzaine des vôtres
devant lui. C'est pourquoi je ne puis m'empêcher de
croire qu'en mentionnant le nombre de ceux qui ont été
tués sur le champ de bataille, vous avez dit *ce qui n'est
pas.* »

Je ne pus m'empêcher de secouer la tête en souriant
de son ignorance, et, comme j'étais un peu versé dans
l'art de la guerre, je lui fis la description des canons,
coulevrines, mousquets, carabines et pistolets, des
balles, de la poudre, des épées, des baïonnettes, des batailles, des sièges, des retraites, des attaques, des mines,
des contre-mines, des bombardements, des combats sur
mer, des vaisseaux coulant avec un millier d'hommes, de
vingt mille soldats tués de chaque côté, des gémissements des mourants, des membres volant dans l'air, de
la fumée, du bruit, de la confusion, des chevaux foulant
les morts sous leurs pieds, de la fuite, de la poursuite,

de la victoire, des champs jonchés de cadavres abandonnés en pâture aux chiens, aux loups et aux oiseaux de proie, du pillage, de la mise à sac, de l'incendie et de la destruction. Enfin, pour mieux faire briller la valeur de mes chers compatriotes, je l'assurai que je les avais vus faire sauter cent ennemis d'un seul coup dans un siège et autant sur un navire, et que j'avais contemplé les corps morts tombant en morceaux des nuages, au grand amusement des spectateurs.

Comme je me préparais à lui donner de plus amples détails, mon maître me fit signe de me taire. Quiconque, dit-il, connaissait la nature des Yahoos, n'aurait pas de peine à croire possibles, de la part d'un animal aussi vil, tous les actes que j'avais mentionnés, si leur force et leur ruse égalaient leur méchanceté; mais, en même temps que mes récits avait accru son horreur pour l'espèce tout entière, il trouvait qu'ils lui avaient jeté dans l'esprit un trouble auquel il avait été jusqu'ici complètement étranger. Pourtant il pensait que ses oreilles, habituées à des mots si abominables, finiraient peut-être par les admettre graduellement avec moins d'exécration. Bien qu'il détestât les Yahoos de son pays, il ne leur en voulait pas plus de leurs odieux défauts qu'il n'en voulait au *gnnayh* (oiseau de proie) de sa cruauté, ou à une pierre tranchante parce qu'elle lui coupe le sabot. Mais, lorsqu'une créature ayant quelques prétentions à la raison était capable de telles énormités, il redoutait que cette faculté ne fût pire que l'état même de brute. Aussi était-il convaincu que nous n'avions, au lieu de raison, qu'un instinct spécial propre à développer nos vices naturels, de même qu'un cours d'eau troublée, réfléchissant un corps mal fait, en renvoie l'image non seulement plus grosse, mais encore plus difforme.

Après avoir ajouté qu'il en avait déjà trop entendu sur la guerre dans cette dernière conversation et dans quelques autres précédentes, il m'observa qu'il y avait un autre point qui l'inquiétait pour le moment. Je lui avais raconté que quelques hommes de notre équipage avaient quitté le pays parce que la loi les avait ruinés; je lui avais déjà expliqué le sens du mot, mais il en était encore à comprendre comment il pouvait se faire que la loi, qui est destinée à la conservation de tous les individus, pût causer la ruine d'un individu quelconque. Il désirait donc être plus informé sur ce que j'entendais par « la loi », et sur ceux qui en étaient les dispensateurs, conformément à la loi actuellement en vigueur dans mon pays, car il pensait que la nature et la raison étaient des guides suffisants pour des créatures sensées — comme nous avions la prétention de l'être, — et devaient nous montrer assez ce qu'il fallait faire et ce qu'il fallait éviter.

J'affirmai à Son Honneur que la loi était une science dans laquelle je n'avais guère d'autre expérience que celle d'avoir employé des avocats inutilement, mais que, cependant, j'allais le satisfaire autant que j'en étais capable.

Alors je lui expliquai qu'il y a parmi nous une compagnie d'hommes, élevés dès leur jeunesse dans l'art de prouver, par des paroles multipliées exprès, que le blanc est noir et que le noir est blanc, suivant qu'ils sont payés pour ceci ou pour cela. Cette compagnie tient tout le reste du peuple en servitude. Par exemple, si mon voisin

a envie de ma vache, il loue un homme de loi pour
prouver que je dois lui donner ma vache. Je suis alors
obligé d'en louer un autre pour défendre mon droit, car
il est contre toutes les règles de la loi qu'un homme soit
autorisé à parler pour lui-même. Donc, dans ce cas, moi
qui suis le légitime propriétaire, j'ai deux désavantages, à
savoir : 1° mon homme de loi, qui s'est habitué dès le
berceau à défendre ce qui est faux et se trouve conséquemment tout à fait hors de son élément lorsqu'il veut
être l'avocat de la justice, fonction absurde pour lui et
qu'il aborde toujours avec une grande maladresse, sinon
avec mauvaise volonté; 2° mon homme de loi doit prendre les plus grandes précautions, sous peine d'être répri-
mandé par les juges et honni par ses confrères, comme
quelqu'un qui essaye de diminuer la clientèle de la loi.
Je n'ai donc que deux méthodes de conserver ma vache.
La première est de gagner par des honoraires doubles
l'homme de loi de la partie adverse, lequel alors devra
trahir son client, en ayant l'air de dire qu'il a la justice de
son côté. La seconde manière consiste à ce que mon
homme de loi fasse paraître ma cause aussi injuste qu'il
le pourra, en admettant que la vache appartient à mon
adversaire ; et cette manœuvre habilement, exécutée, ga-
gnera la confiance de la cour. Maintenant il faut que Votre
Honneur sache que ces juges sont des personnes nom-
mées pour décider de tous les litiges touchant les propriétés, aussi bien que pour faire le procès des criminels, et
qu'ils sont pris parmi les hommes de loi les plus experts,
quand ils sont devenus vieux ou paresseux. Or, comme
ils ont été toute leur vie prévenus contre la vérité et
l'équité, ils se trouvent si bien dans la nécessité de favo-

riser la fraude et le parjure, que j'en ai vu refuser une
grosse somme de la partie du côté de laquelle était le
droit, plutôt que de faire injure à la compagnie dont ils

ont membres en faisant quelque chose
d'antipathique à leur nature ou à leurs
fonctions.

C'est une maxime, parmi ces hommes de loi, que tout ce qui a été fait
avant peut légalement se faire de nouveau. Conséquemment, ils prennent
tout simplement soin d'enregistrer
toutes les décisions rendues autrefois contre la justice
ordinaire et contre la raison commune du genre humain.
C'est là ce qu'ils produisent sous le nom de précédents,
comme des autorités justifiant les opinions les plus ini-
ques, et le juge ne manque jamais de rendre
un arrêt conforme.

Quand ils plaident, ils évitent soigneusement de s'arrêter aux bons côtés
de la cause, mais ils se montrent bruyants, violents, fastidieux, insistant sur toutes les
circonstances qui n'ont aucun
rapport avec le point en litige.
Par exemple, dans le cas que j'ai
déjà supposé, jamais ils ne cher-
cheront à savoir quel titre ou quel droit mon adversaire
peut avoir sur ma vache, mais ils rechercheront si ladite
vache est rouge ou noire, si ses cornes sont longues ou
courtes, si le champ où elle paît est rond ou carré, si on
la trait à la maison ou dehors, à quelle maladie elle est

sujette, et autres choses semblables. Après cela, ils invoquent les précédents, ajournent la cause de délai en délai et, au bout de dix, vingt ou trente ans, arrivent à une décision.

Je dois encore faire observer que cette compagnie a un jargon qui lui est propre, qu'aucun mortel ne peut comprendre, et dans lequel sont écrites toutes leurs lois qu'ils multiplient tant qu'ils peuvent. Ils ont ainsi entièrement transformé les notions de la vérité et du mensonge, du juste et de l'injuste, si bien qu'il faudra trente ans pour savoir si le champ — que m'ont laissé six générations d'ancêtres — appartient à moi ou à un étranger, habitant à trois cents milles de là.

Par exemple, dans les procès de gens accusés de crimes contre l'État, la méthode est bien plus courte et recommandable. Le juge commence par envoyer sonder les dispositions de ceux qui sont au pouvoir, après quoi il lui est facile de pendre ou de sauver un criminel, tout en observant strictement toutes les formalités de la loi.

Mon maître intervint alors, déclarant qu'il était déplorable que des êtres, doués de capacités intellectuelles aussi prodigieuses que celles que devaient nécessairement avoir ces hommes de loi, d'après la description que j'en avais donnée, ne fussent pas plutôt encouragés à être pour les autres des professeurs de sagesse et de savoir. Je dus répondre à Son Honneur, en lui assurant que, sur tous les points en dehors de leur métier, c'était d'ordinaire les gens les plus ignorants et les plus stupides de leur époque, les plus insignifiants dans la conversation ordinaire, ennemis déclarés de toute science et de tout progrès, et aussi disposés à pervertir la raison commune du genre humain sur tout autre sujet que sur ce qui regarde leur profession.

Mon maître cherchait vainement à comprendre quels motifs pouvaient pousser ces hommes de loi à s'ingénier, à s'inquiéter, à se fatiguer pour entrer dans une confédération d'injustice, dans le seul but de nuire à leurs semblables. Il ne pouvait non plus se faire une idée de ce que je voulais dire en déclarant qu'ils le faisaient pour un salaire. J'eus, à ce propos, beaucoup de mal à lui expliquer l'usage de l'argent monnayé, les matières dont il est composé et la valeur des métaux, et aussi pourquoi un Yahoo, lorsqu'il possédait une grande quantité de cette substance précieuse, pouvait se procurer tout ce dont il avait envie, les habits les plus somptueux, les maisons les plus grandioses, les propriétés les plus vastes, les mets et les breuvages les plus coûteux. Puisque, lui dis-je, l'argent seul est capable d'accomplir toutes ces merveilles, nos Yahoos estiment qu'ils ne peuvent jamais en avoir assez à dépenser ou à amasser, suivant que leur penchant naturel les porte à la prodigalité ou à l'avarice. Je lui expliquai que les riches profitaient du travail des pauvres et que ces derniers étaient mille fois plus nombreux que les premiers, ce qui faisait que, chez nous, la masse du peuple était forcée de vivre misérablement en travaillant tous les jours pour un mince salaire, afin de faire vivre quelques Yahoos dans l'abondance.

Je m'étendis beaucoup sur ces points et sur d'autres
dans le même ordre d'idées, mais Son Honneur ne saisis-
sait pas encore, car il partait de cette supposition que
tous les hommes ont droit à une part des productions de
la terre, spécialement ceux qui entretiennent les autres.
Il me pria de lui faire savoir ce que c'était que ces mets
coûteux, et comment il arrivait que quelqu'un de nous
pût en manquer. Je lui citai tous ceux qui me vinrent à
l'esprit, avec les différentes manières de les accommoder,
ce qui n'était possible qu'en envoyant des navires dans
toutes les parties du monde, pour y chercher des liqueurs
à boire, des sauces ou les innombrables autres ingrédients
requis, ajoutant qu'il fallait faire au moins trois fois le
tour du globe terrestre avant qu'une de nos femelles
yahoos de la haute classe pût avoir son déjeuner, ou une
tasse pour y verser son thé. Ce devait alors être nécessairement, dit-il, un pays bien stérile que celui qui ne
fournissait pas de quoi nourrir ses habitants; mais, ce qui
l'étonnait surtout, c'était que des étendues de terrain aussi
considérables que je les lui décrivais fussent complètement dépourvues d'eau potable, et que la population fût
dans la nécessité d'envoyer au delà des mers pour avoir
de quoi boire. Je répliquai que l'Angleterre, — le lieu
bien-aimé de ma naissance, — produit, suivant des
statistiques exactes, une quantité de nourriture triple de
celle que ses habitants sont capables de consommer, ainsi
que des liqueurs extraites de grains ou exprimées de certains fruits, dont on fait d'excellentes boissons, ajoutant
que, du reste, il en était de même pour toutes les autres
commodités de la vie. Mais, pour satisfaire le luxe et
l'intempérance des mâles ainsi que la vanité des femelles,

nous envoyons la plus grande partie de nos produits de première nécessité dans d'autres pays, d'où, en retour, nous rapportons des éléments de maladies, de folie et de vice pour les répandre parmi nous. Il en résulte néces-. sairement que beaucoup de nos compatriotes sont obligés de chercher à vivre en mendiant, volant, dérobant, filoutant, flattant, subornant, calomniant, forgeant, jouant,

mentant, rampant, fanfaronnant, votant, écrivant, astrologuant, empoisonnant, cafardant, diffamant, ergotant, et en se livrant à d'autres occupations semblables, et j'avoue que j'éprouvai les plus grandes difficultés à lui faire entrer dans la tête la signification de tous ces termes.

Il fallut aussi lui apprendre que l'on n'importe pas chez nous le vin des pays étrangers dans le but de suppléer au manque d'eau ou d'autres boissons, mais parce que c'est une espèce de liquide qui nous rend gais en nous

faisant perdre notre bon sens, qui chasse les pensées
mélancoliques, engendre dans le cerveau des imaginations
extravagantes, relève nos espérances, dissipe nos craintes,
suspend pour un temps toutes les fonctions de la raison
et nous prive de l'usage de nos membres jusqu'à ce que
nous tombions dans un lourd sommeil. Il faut pourtant
avouer qu'on se réveille toujours malade et abattu, et que
la consommation de cette liqueur nous remplit de maladies, nous rend malheureux et abrège notre existence.

En dehors de tout ceci, la masse de notre population
s'entretient en fournissant aux riches, ou en se fournissant
réciproquement, les nécessités et les commodités de la
vie. Par exemple, lorsque je suis chez moi et habillé
comme je dois l'être, je porte sur le corps le travail de
cent ouvriers. La construction et l'ameublement de ma
maison en emploient autant, et il en faut cent fois plus
pour ma femme.

Mon désir était de lui parler d'une autre espèce de
gens qui gagnent leur vie en soignant les malades, car
j'avais, en plusieurs occasions, raconté à Son Honneur
que beaucoup des hommes de mon équipage étaient
morts de maladies ; mais ici, ce ne fut qu'avec une difficulté inouïe que je parvins à lui faire comprendre le
sens de mes paroles. Il pouvait aisément concevoir qu'un
Houyhnhnm devînt faible et lourd quelques jours avant sa
mort, ou, qu'à la suite de quelque accident, il se blessât
un membre, mais il ne croyait pas possible que la nature
pût engendrer aucune douleur dans nos corps, et il voulait
connaître la raison d'un mal aussi inexplicable.

Je lui dis alors que nous nous nourrissions de mille
choses diverses qui opéraient des effets contraires ; que

nous mangions quand nous n'avions pas faim et buvions sans avoir soif; que nous passions des nuits entières à nous abreuver de liqueurs fortes, sans rien manger, ce qui nous rendait paresseux, nous brûlait le corps et précipitait ou empêchait notre digestion; que l'on n'en finirait pas s'il fallait donner la liste de toutes les maladies auxquelles le corps humain est exposé, car il n'y en a pas moins de cinq ou six cents, réparties sur chaque membre et sur chaque articulation. Pour y remédier, il y a chez nous une sorte de gens élevés dans la profession ou la prétention de guérir les malades, et, comme je croyais posséder quelque talent dans cet art, j'allais, par gratitude envers Son Honneur, lui expliquer tout le mystère de la méthode suivant laquelle ils procèdent.

Leur point fondamental est que toutes nos maladies proviennent de la réplétion, d'où ils concluent qu'une grande évacuation du corps est nécessaire, soit par la voie naturelle, soit en haut, par la bouche. Leur première occupation est donc de faire, avec des herbes, des minéraux, des gommes, des huiles, des écailles, des sels, des jus, des algues, des écorces d'arbres, une composition aussi abominable, nauséabonde et désagréable à l'odorat et au goût qu'ils peuvent l'imaginer, si bien que l'estomac la rejette immédiatement avec dégoût. C'est ce qu'ils appellent un vomitif. Ils nous commandent aussi de prendre une médecine sortie de la même officine, avec quelques drogues empoisonnées en plus, et également détestable et répugnante aux intestins, laquelle, en relâchant le ventre, entraîne tout avec elle. C'est ce qu'ils appellent une purge ou un clystère.

En outre des maladies réelles, nous sommes encore

sujets à beaucoup d'autres qui ne sont qu'imaginaires,
et pour lesquelles les médecins ont inventé des cures
imaginaires, également. Elles ont leurs noms particuliers et leurs drogues spéciales.

On tient en très haute estime, dans la confrérie des
médecins, l'habileté dans le pronostic, en quoi ils se trompent rarement. Dans le cas de maladies réelles, leurs
prédictions annoncent généralement la mort, qui est toujours en leur pouvoir, tandis que la guérison ne l'est pas.
Aussi, au premier symptôme inattendu d'amélioration,
s'ils ont prononcé leur sentence, plutôt que se laisser
accuser d'être faux prophètes, ils démontrent leur sagacité au monde en administrant au patient la dose qui lui
convient.

Mon maître, m'ayant un jour entendu mentionner
dans la conversation la noblesse de mon pays, eut la gracieuseté de me faire un compliment que je ne méritais
pas. Il était persuadé, me dit-il, que je devais descendre
de quelque noble famille, parce que je dépassais de beaucoup en forme, en couleur et en propreté tous les Yahoos
de sa contrée, quoique je parusse manquer de force et
d'agilité, ce qu'il fallait attribuer à ma façon de vivre
différente de ces autres brutes, et qu'en outre, j'étais non
seulement doué de la faculté de la parole, mais aussi
de quelques rudiments de raison à un degré tel que,
parmi toutes ses connaissances, je passais pour un
prodige.

Il me fit observer que chez les Houyhnhnms, les
blancs, les alezans et les gris de fer n'avaient pas les formes si parfaites que les bais, les gris pommelés et les
noirs; qu'ils ne naissaient pas non plus avec les mêmes

facultés intellectuelles ni avec la même aptitude à les cultiver, et, qu'en conséquence, ils se perpétuaient dans des conditions serviles, sans jamais aspirer à rivaliser avec la race supérieure, ce qui, en ce pays, serait regardé comme monstrueux et contre nature.

J'exprimai à Son Honneur ma grande reconnaissance pour la bonne opinion qu'il avait bien voulu concevoir de moi, mais je l'assurai en même temps que j'étais de naissance très obscure, descendant de simples et honnêtes parents qui avaient juste eu le moyen de me donner une éducation passable ; que la noblesse parmi nous était tout à fait différente de l'idée qu'il s'en faisait ; que nos jeunes nobles sont élevés dès leur enfance dans la paresse et dans le luxe ; qu'aussitôt que l'âge le leur permet, ils épuisent leur vigueur et, lorsque leurs fortunes sont presque entièrement gaspillées, épousent, — pour l'argent seulement, — quelque femme de naissance médiocre, qu'ils haïssent et méprisent.

CHAPITRE VI

Grand amour de l'Auteur pour sa patrie. — Observations de son maître sur la
constitution et l'administration de l'Angleterre, telles que l'Auteur les a
décrites. — Cas analogues et comparaisons. — Observations de son maître
sur la nature humaine.

 E lecteur est sans doute disposé à me de-
mander comment j'osais prendre sur moi
de représenter si librement ma propre
espèce chez une race de mortels qui
n'étaient déjà que trop portés à concevoir la plus mauvaise opinion du genre
humain, par suite de ma grande ressemblance avec les
Yahoos de l'endroit. Je dois pourtant avouer franchement
que les nombreuses vertus de ces excellents quadru-
pèdes, mis en regard des corruptions humaines,
m'avaient si bien ouvert les yeux et élargi l'intelligence,
que je commençais à voir les actions et les passions de

l'homme sous un jour tout nouveau, et à penser que l'honneur de ma race ne valait pas la peine d'être ménagé.

On me permettra également d'avoir la candeur d'avouer qu'il y avait encore un motif beaucoup plus puissant à la liberté avec laquelle je représentais les choses. J'étais dans ce pays depuis moins d'un an, et j'éprouvais déjà une telle affection et un tel respect pour les habitants que je formai la ferme résolution de ne jamais retourner parmi les hommes, mais de passer le reste de ma vie au milieu de ces admirables Houyhnhnms, dans la contemplation et la pratique de la vertu, à l'abri de tout mauvais exemple et de toute excitation au vice. Mais la fortune, ma perpétuelle ennemie, avait décidé qu'une si grande félicité ne devait pas m'échoir en partage.

J'ai rapporté la substance des nombreuses conversations que j'eus avec mon maître pendant la plus grande partie du temps que je restai à son service, mais je dois dire que, pour abréger, j'en ai omis beaucoup plus que je n'en ai relaté.

Ayant répondu à toutes ses questions, je croyais sa curiosité entièrement satisfaite, lorsqu'un jour il m'envoya chercher de grand matin, et m'ordonnant de m'asseoir à quelque distance, — honneur qu'il ne m'avait point encore fait, — il me déclara « qu'il avait considéré très sérieusement tout ce que je lui avais dit relativement à moi-même et à mon pays. Il nous regardait comme une sorte d'animaux qui, par un accident qu'il ne pouvait déterminer, se trouvaient doués d'une petite dose de raison, dont nous ne faisions usage que pour augmenter nos vices naturels et en acquérir de nouveaux que la nature ne nous avait pas donnés; que nous nous enlevions nous-mêmes les quelques facultés qu'elle nous avait accordées ; que nous avions admirablement réussi à multiplier nos besoins primitifs et que nous semblions passer 'toute notre existence à essayer vainement de les satisfaire par nos inventions ».

D'après lui, nos institutions gouvernementales et légales sont évidemment dues à nos énormes lacunes en fait de raison et, par suite, en fait de vertu, car la raison seule doit suffire pour diriger une créature raisonnable. C'était donc là un caractère que nous ne pouvions avoir la prétention de revendiquer, même d'après la description que je lui avais faite de mes compatriotes, bien qu'il s'aperçût clairement qu'afin de les favoriser, j'avais caché maints détails, et même souvent dit ce qui n'était pas.

Il était encore confirmé dans son opinion parce qu'il remarquait que, de même que toutes les parties de mon corps étaient analogues à celles des autres Yahoos, si ce n'est dans des points véritablement à mon désavantage, comme la force, la rapidité, l'activité, mes griffes courtes et quelques autres détails auxquels la nature n'avait aucune part, de même la description que je lui avais faite de notre manière de vivre, de nos mœurs, et de nos actes indiquaient une ressemblance aussi étroite dans nos dispositions morales. Les Yahoos, disait-il, se haïssent entre eux, plus encore qu'ils ne haïssent aucune autre espèce d'animal et la raison que l'on donne généralement pour expliquer ce sentiment, c'est la laideur odieuse de leurs formes que chacun peut voir dans les autres, mais que personne ne voit en soi. Aussi avait-il pensé qu'il était peut-être sage de nous couvrir le corps et de nous cacher ainsi les uns aux autres beaucoup de nos défauts, qui seraient sans cela presque intolérables. Il voyait maintenant qu'il s'était trompé et que les querelles des brutes de son pays étaient dues aux mêmes causes que les nôtres, telles que je les lui avais exposées. Car, ajouta-il, si vous jetez au milieu de cinq Yahoos autant de nourriture qu'il en faudrait pour cinquante, au lieu de manger paisiblement, ils se battront à outrance, chacun voulant avoir le tout pour lui seul. C'est pour cela qu'un domestique est ordinairement chargé de les surveiller quand ils prennent leur nourriture dehors et d'attacher à une distance convenable les uns des autres ceux qu'on garde à la maison. Si une vache vient à mourir de vieillesse ou par accident avant qu'un Houyhnhnm puisse la prendre pour ses propres Yahoos, tous ceux du voisinage viennent en troupeaux pour s'en emparer, et il s'ensuit alors une bataille comme celles que j'avais décrites, avec des blessures terribles faites de part et d'autre par les griffes des combattants, bien qu'ils arrivent rarement à se tuer, faute d'instruments de mort commodes comme ceux que nous avons inventés. D'autres fois, des batailles semblables se livrent entre les Yahoos de différentes localités voisines, sans aucune cause appréciable. Ceux d'un district guettent toutes les occasions de surprendre ceux du district limitrophe avant qu'ils soient préparés. Mais s'ils voient que leur projet ne réussit pas, ils rentrent dans leurs parages et, faute d'ennemis, s'engagent entre eux dans ce que j'avais appelé une guerre civile.

Il y a dans certains champs de son pays des pierres brillantes de différentes couleurs, que les Yahoos aiment énormément; et lorsque ces pierres sont enfoncées dans la terre, comme il arrive souvent, ils creusent avec leurs griffes pendant toute une journée pour les en arracher, puis ils les emportent et en font des tas qu'ils cachent dans leurs chenils, tout en regardant autour d'eux avec de grandes précautions, de peur que leurs semblables ne trouvent leur trésor. Mon maître me dit qu'il n'avait jamais pu découvrir la raison de cet appétit qui n'a rien de naturel, ni à quoi ces pierres pouvaient servir à un Yahoo, mais maintenant il croyait que cela devait provenir de ce principe d'avarice que j'avais attribué au genre humain.

Mon maître m'assura entre autres, — je l'avais du reste remarqué moi-même, — que dans les champs où abondent ces pierres brillantes, il se livre très fréquemment les combats les plus acharnés, occasionnés par les perpétuelles attaques des Yahoos du voisinage.

Il arrive souvent, m'assura-t-il, que lorsque deux Yahoos ont découvert une pierre de ce genre dans un champ et se battent pour l'avoir, un troisième en profite pour la leur enlever à tous deux. Mon maître voulait absolument trouver dans ce fait quelque ressemblance avec nos procès civils.

En continuant son discours, mon maître dit que rien ne rend les Yahoos plus ignobles que la répugnante gloutonnerie avec laquelle ils dévorent tout ce qui se présente à eux, herbes, racines, baies, chair corrompue d'animaux, séparément ou mélangés en pâtée. C'est un trait particulier de leur nature, qu'ils sont plus friands de ce qu'ils peuvent attraper par rapine et par vol à une grande distance que de la nourriture bien meilleure qu'on prépare pour eux à la maison. Si leur proie est très grosse, ils mangent jusqu'à être près d'en crever.

Les Yahoos recherchent aussi une espèce de racine très juteuse, mais assez rare et difficile à trouver, et cette racine qu'ils sucent avec un grand plaisir produit chez eux à peu près les mêmes effets que le vin chez nous. Elle les fait tantôt s'embrasser, tantôt se battre ; ils hurlent, grimaçent, bavardent, titubent, tombent et s'endorment dans la boue.

J'avais déjà remarqué que les Yahoos étaient les seuls animaux de ce pays sujets aux maladies, mais leurs maladies sont moins nombreuses que celles des chevaux chez nous ; elles ne proviennent pas des mauvais traitements qu'on pourrait leur faire endurer, mais uniquement de la saleté et de la gloutonnerie de ces affreuses bêtes. Il n'y a dans la langue qu'un seul mot pour désigner toutes ces maladies, lequel est emprunté au nom même de la bête : on les appelle *Knea-Yahoo*, le mal du Yahoo.

Quant aux lettres, au gouvernement, aux arts, aux manufactures et aux autres choses semblables, mon maître avoua qu'il ne pouvait trouver que peu ou point de ressemblance entre les Yahoos de son pays et ceux du nôtre. Il ne voulait d'ailleurs que constater le degré d'analogie qu'il y avait dans nos caractères. Il avait bien entendu certains Houyhnhnm observateurs dire que, dans la plupart des troupeaux on remarque une espèce de Yahoo directeur, — de même que chez nous il y a généralement dans les parcs un cerf qui paraît être le guide du troupeau, — et que le chef yahoo est toujours le plus difforme et le plus méchant. Il a d'ordinaire un favori aussi semblable à lui qu'il le peut trouver, dont les fonctions consistent à lécher les pieds de son maître et à conduire les femelles au chenil, service dont il est de temps en temps récompensé par un morceau de chair d'âne. Ce favori est détesté de tout le troupeau, et, pour cette raison, se tient toujours, afin de se protéger, près de la personne de son maître. Il garde généralements son emploi jusqu'à ce qu'on en trouve un plus mauvais que lui ; mais dès qu'il est disgracié, tous les Yahoos du district, jeunes et vieux, mâles et femelles, arrivent en masse et le couvrent de la tête aux pieds de leurs ordures. « Mais, ajouta mon maître, vous pouvez mieux juger que moi jusqu'à quel point ceci est applicable à vos cours, à vos favoris et à vos ministres d'État. »

Je n'osai pas répondre à cette insinuation maligne, qui abaissait l'intelligence humaine au-dessous de la sagacité d'un chien courant ordinaire, lequel a assez de jugement pour distinguer et suivre la voix du chien le plus habile de la meute, sans jamais se tromper.

CHAPITRE VII

L'Auteur relève certaines particularités des Yahoos. — Grandes qualités des Houyhnhnms. — Éducation et exercices de la jeunesse. — Assemblée générale des Houyhnhnms.

'AVAIS la prétention de connaître la nature humaine beaucoup mieux que ne pouvait le faire mon maître, il m'était facile d'appliquer à moi-même et à mes compatriotes son appréciation du caractère des Yahoos, et je pensais réussir par mes propres observations les découvertes qu'il m'avait indiquées. Je sollicitai donc souvent de Son Honneur l'autorisation d'aller parmi les troupeaux des Yahoos du voisinage, et il y consentait toujours très gracieusement, bien convaincu qu'il était que ma haine pour ces brutes m'empêcherait toujours d'être corrompu par elles. Mon maître avait donné l'ordre à un de ses domestiques, un vigoureux bidet alezan, très honnête et très

complaisant, de me servir de garde, car sans sa protection je n'aurais jamais osé risquer de pareilles aventures.

Les Yahoos sont d'une prodigieuse agilité dès leur enfance. Pourtant, je parvins une fois à attraper un jeune
mâle de trois ans et j'essayai par toutes sortes de caresses
de le rassurer, mais le petit démon se mit à brailler, à
égratigner et à mordre avec une telle violence que je dus
le laisser aller. Il n'était que temps, car toute une troupe
de vieux accoururent au bruit, mais voyant que le petit
n'avait point de mal, puisqu'il s'était enfui en courant,
et que d'ailleurs mon bidet alezan était près de moi, ils
ne cherchèrent pas à approcher. J'observai que la chair
de cette jeune bête sentait très fort et que l'odeur tenait
le milieu entre celle d'une belette et celle d'un renard,
mais en étant beaucoup plus désagréable encore.

D'après ce que je découvris, les Yahoos semblent être
les animaux les plus rebelles à l'éducation, car tout ce
qu'on a pu leur apprendre s'est borné à tirer et à porter
des fardeaux. Je crois cependant que ce défaut vient principalement d'un caractère pervers et rétif, car ils sont
rusés, malins, traîtres et vindicatifs. Ils sont encore forts,
et hardis, mais d'un cœur lâche, et par conséquent inso-
lents, abjects et cruels.

Les Houyhnhnms gardent les Yahoos qu'ils emploient
dans des cabanes à quelque distance de leur maison, mais
les autres sont envoyés dans des champs où ils déter-
rent les racines, mangent différentes espèces d'herbes,
cherchent des charognes, ou quelquefois prennent des
belettes et des *lukimuks*, sortes de rats sauvages, qu'ils
dévorent avec avidité.

Étant resté trois ans dans ce pays, je suppose que le

lecteur attend de moi que je lui donne, comme pour les autres voyageurs, quelques détails sur les mœurs et les coutumes des habitants, d'autant plus que c'était là ce qui faisait le principal objet de mes études.

L'amitié et la bienveillance sont les deux principales vertus chez les Houyhnhnms, et, au lieu de se limiter à des individus particuliers, elles s'étendent universellement sur la race tout entière. Ainsi un étranger de la partie la plus reculée du pays est traité sur le même pied que le voisin le plus proche, et, partout où il va, il se considère comme chez lui. Ils observent la décence et la civilité avec la plus grande rigueur, mais ils ignorent absolument la cérémonie. Ils n'ont pas de tendresse de cœur pour leurs poulains ou pouliches, mais le soin qu'ils prennent de leur éducation leur est entièrement dicté par la raison. Je remarquai même que mon  maître montrait la même affection aux enfants de son voisin qu'aux siens. Ils affirment que la nature leur enseigne à aimer l'espèce tout entière, et que c'est la raison seule qui peut faire des distinctions de personnes, là où il se trouve un degré supérieur de vertu.

Chez les Houyhnhnms la tempérance, le travail, l'exercice et la propreté sont des choses également prescrites aux jeunes produits des deux sexes. Mon maître trouvait que c'était une monstruosité chez nous de donner aux femelles un genre d'éducation différent de celui des mâles, excepté pour ce qui concerne certains détails de ménage.

Cela fait, comme il le remarquait très justement, que la moitié de nos femmes ne sont bonnes à rien qu'à mettre des enfants au monde, et il ajoutait que, confier le soin de nos enfants à des animaux si inutiles, était encore une plus grande preuve de la brutalité de notre nature.

Les enfants des Houyhnhnms sont habitués de bonne heure à la force, à la rapidité, à la fatigue, par leurs parents qui les exercent à faire des courses du haut en bas de collines escarpées, ou sur des terrains durs et pierreux, et, quand ils sont tout en sueur, on leur ordonne de sauter la tête la première dans un étang ou dans un fleuve.

CHAPITRE VIII

Grand débat à l'assemblée générale des Houyhnhnms. — Comment il se ter-
mine. — Leur instruction. — Leurs constructions. — Leurs enterrements.
— Insuffisance de leur langage.

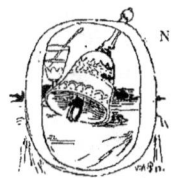 N tint une de ces grandes assemblées pen-
dant mon séjour, environ trois mois
avant mon départ, et mon maître y fut
envoyé comme représentant de notre district. On reprit dans ce Conseil leur ancien débat, le seul débat, du reste, qui se
soit jamais élevé dans ce pays, et duquel mon maître, à
son retour, me fit un compte rendu détaillé.

La question à discuter était de décider si les Yahoos
devaient être exterminés sur toute la surface de la terre.
Un des membres, qui était pour l'affirmative, développa
plusieurs arguments de grande force et de grand poids,
alléguant que non seulement les Yahoos étaient les plus
difformes des animaux que la nature eût jamais produits,
mais encore les plus rétifs, les plus indociles, les plus

malfaisants et les plus méchants. Il déclara qu'ils suçaient
en fraude le pis des vaches des Houyhnhnms, tuaient
et dévoraient leurs chats, foulaient aux pieds leur avoine
et leur gazon, s'ils n'étaient pas continuellement surveil-
lés, et commettaient mille autres extravagances. Il rap-
pela une tradition commune, disant que les Yahoos n'a-
vaient pas toujours existé dans leur pays, mais, qu'il y a
bien des siècles, deux de ces brutes avaient paru sur le
haut d'une montagne, soit qu'elles eussent été formées
de boue et de limon échauffés par les rayons du soleil,
soit qu'ils fussent sortis de la vase de quelque marécage
ou de l'écume de la mer, ce que l'on n'avait jamais su
au juste. Ces deux Yahoos en avaient engendré d'autres,
et leur espèce s'était tellement multipliée que le pays en
était infesté. Les Houyhnhnms, pour se débarrasser de
ce fléau, avaient organisé une battue générale et, finalement, cerné tout le troupeau. Après avoir détruit les
vieux, chaque Houyhnhnm garda dans un chenil deux
des jeunes, qu'ils essayèrent d'apprivoiser autant que
cela était possible de le faire avec des bêtes aussi sauvages, et de les dresser à tirer et à porter. Il croyait
qu'il y avait beaucoup de vrai dans cette tradition et il lui
paraissait impossible que ces êtres fussent *ylnkniamsky,*
c'est-à-dire aborigènes, à cause de la haine violente
qu'ils inspiraient aux Houyhnhnms et à tous les autres
animaux, haine que leurs méchantes dispositions justi-
fiaient assez, mais qui n'aurait certainement pas atteint
un tel degré, s'ils avaient été aborigènes, car autrement
ils auraient été détruits depuis longtemps. Il représenta
que les habitants, ayant eu l'imprudente fantaisie de se
servir des Yahoos, avaient mal à propos négligé de

favoriser l'élevage des ânes, qui sont de jolis animaux,
d'entretien facile, mieux domestiqués et plus dociles,
sans aucune odeur répugnante, assez forts pour le travail,
bien que moins agiles que les Yahoos, et dont le braie-
ment, s'il n'a pas un son agréable, est de beaucoup pré-
férable aux horribles hurlements de ces derniers.

Plusieurs autres exprimèrent la même opinion, lorsque
mon maître proposa à l'Assemblée un expédient, dont il
m'avait, je puis le dire, emprunté l'idée. Il approuva la
tradition citée par l'honorable membre et affirma que les
deux Yahoos, qui passaient pour avoir été les premiers

qu'on eût vu parmi eux, venaient d'outre-mer. Venus à
terre, ils avaient été abandonnés par leurs compagnons
et s'étaient retirés dans les montagnes. Là, dégénérant
par degrés, ils étaient devenus beaucoup plus sauvages
que ceux de leur espèce ne le sont dans le pays d'où
étaient sortis les deux premiers. Pour appuyer cette proposition, il dit qu'il avait actuellement chez lui un Yahoo
extraordinaire, — c'était à moi qu'il faisait allusion, —
dont la plupart avaient entendu parler et que beaucoup
avaient vu. Il raconta alors comment il m'avait trouvé et
comment mon corps était couvert d'une composition arti-
ficielle faite de poils et de peaux de bêtes; il dit que
j'avais un langage qui m'était propre, mais que j'avais

appris le leur à fond; que je lui avais fait connaître les accidents qui m'avaient amené dans ce pays. Il avait remarqué en moi tous les caractères d'un Yahoo, qui serait seulement un peu plus civilisé, grâce à une légère teinte de raison, quoique cette raison fût d'un degré aussi inférieur à celui de la race houyhnhnm que les Yahoos de leur pays l'étaient à moi.

Ce fut tout ce que mon maître jugea à propos de m'apprendre pour le moment de ce qui s'était passé dans la grande assemblée, car il crut bon de me cacher un détail qui me concernait particulièrement et dont j'éprouvai bientôt les funestes effets, comme le lecteur ne tardera pas à l'apprendre. C'est de là que je date les nombreux malheurs successifs de ma vie.

Les Houyhnhnms ne connaissaient pas les lettres et, par conséquent, tout ce qu'ils savent se transmet par la tradition. Mais comme il n'arrive que peu d'événements importants chez un peuple si bien uni, naturellement porté à toutes les vertus, gouverné uniquement par la raison, et étranger à tout commerce avec les autres nations, l'histoire peut se conserver aisément, sans fatiguer leur mémoire. J'ai déjà observé qu'ils ne sont sujets à aucune maladie, ce qui fait qu'ils n'ont pas besoin de docteurs. Ils ont cependant d'excellentes médecines, composées de plantes, pour guérir les meurtrissures et les coupures accidentelles du paturon ou de la fourchette, causées par les pierres tranchantes, de même que les autres contusions ou blessures aux différentes parties du corps.

Ils calculent l'année par les révolutions du soleil et de la lune, mais ne se servent pas de la subdivision par semaines. Ils se rendent un compte assez exact des mouvements de ces deux astres et comprennent la nature des éclipses. C'est là le dernier progrès de leur astronomie.

Par exemple, je dois reconnaître qu'en poésie ils surpassent tous les autres mortels. La justesse de leurs comparaisons, le détail et l'exactitude de leurs descriptions, sont véritablement inimitables.

Leurs pièces de poésie en sont remplies et l'on y trouve aussi d'ordinaire des notions sublimes d'affection et de bonté, ou bien les louanges de ceux qui ont été vainqueurs dans les courses ou autres exercices.

Chez eux, les constructions, quoique grossières et très simples, sont loin d'être incommodes, mais, au contraire, parfaitement aménagées pour les défendre contre toutes les intempéries des saisons. Ils possèdent une espèce d'arbres qui, au bout de quarante ans, se détache de la racine et tombe au premier orage. Ces arbres poussent très droit, et, une fois qu'ils les ont taillés en pointes comme des pieux, à l'aide d'une pierre tranchante, — car les Houyhnhnms ne connaissent pas l'usage du fer, — ils les plantent debout dans le sol, à environ dix pouces d'intervalle, et ils entrelacent dans les interstices un tissu serré de paille, d'avoine ou d'osier. Les portes et le toit sont faits de la même façon.

Les Houyhnhnms se servent du creux qui se trouve entre le paturon et le sabot de leurs pieds de devant, comme nous faisons de nos mains, et cela avec beaucoup plus d'adresse que je ne me le serais figuré d'abord. J'ai vu une cavale blanche de notre maison enfiler avec cette articulation une aiguille que je lui avais prêtée exprès. Ils traient les vaches, récoltent l'avoine et font tous les travaux qui exigent l'usage de la main de la même manière.

Ils ont une espèce de silex dur dont ils forment, en l'usant sur d'autres pierres, des instruments qui leur servent de coins, de haches, de marteaux. C'est également avec des outils faits de ce silex qu'ils coupent leurs foins et récoltent leur avoine, laquelle croît spontanément dans un grand nombre de champs. Les Yahoos traînent jusqu'à la maison les gerbes dans des chariots, et les domestiques les foulent aux pieds dans des huttes couvertes, pour en faire sortir le grain que l'on conserve dans des magasins. Ils fabriquent des espèces de vases en bois et en terre, pour faire cuire l'avoine au soleil.

S'ils évitent les accidents, ils ne meurent que de vieillesse, et on les enterre dans les endroits les plus obscurs que l'on peut trouver, sans que leurs amis ou leurs parents expriment ni joie ni chagrin de leur départ. De son côté, la personne mourante ne témoigne pas le moindre regret de quitter le monde, pas plus que si elle s'en retournait chez elle après une visite à un voisin.

Les Houyhnhnms vivent ordinairement jusqu'à soixante-dix ou soixante-quinze ans, très rarement jusqu'à quatre-vingts. Quelques semaines avant leur mort, ils se sentent décliner graduellement, mais sans douleur. Alors ils reçoivent beaucoup de visites de leurs amis, parce qu'ils ne peuvent sortir aussi aisément et aussi volontiers que d'ordinaire. Cependant, environ dix jours avant leur mort, calcul dans lequel ils ne se trompent pas souvent, ils rendent les visites qui leur ont été faites par leurs voisins les plus proches, portés dans un traîneau commode, tiré par les Yahoos. Ils emploient ce véhicule, non seulement dans cette occasion, mais quand ils sont vieux, pour les longs voyages, ou lorsque quelque accident les a rendus boiteux. En rendant ces visites, les Houyhnhnms moribonds prennent solennellement congé de leurs amis, comme s'ils partaient pour quelque contrée éloignée du pays avec le dessein d'y passer le reste de leurs jours.

Il me serait facile, — et j'aurais grand plaisir à le faire, — de m'étendre sur les mœurs et les vertus de cet excellent peuple ; mais, ayant l'intention de publier prochainement un volume exclusivement consacré à ce sujet, j'y renvoie le lecteur, et, en attendant, passe au récit du triste malheur qui me frappa.

CHAPITRE IX

Manière de vivre et félicité de l'Auteur chez les Houyhnhnms. — Ses grands progrès dans la vertu en conversant avec eux. — Leurs discours. — L'Auteur reçoit de son maître avis de son bannissement. — Il s'évanouit de douleur, mais se soumet. — Il parvient à construire un canot avec l'un de ses compagnons de domesticité, et se risque en mer.

'AVAIS fini par arranger mon modeste train de vie à ma complète satisfaction. Mon maître m'avait fait préparer un logement à la mode du pays, à environ six yards de sa maison. Les murs et le sol étaient recouverts d'argile et de nattes de roseaux que j'avais tressées. J'avais également tillé du chanvre — qui croît dans ce pays à l'état sauvage, — et en avais fait une sorte de matelas bourré avec de la plume de différents oiseaux (excellents à manger), que j'avais attrapés avec des lacets faits en cheveux de Yahoos. Je m'étais fabriqué deux chaises avec mon couteau, grâce à l'alezan qui m'aidait dans les parties les

plus grossières et les plus dures du travail. Lorsque mes
vêtements furent par trop usés, je m'en confectionnai
d'autres avec des peaux de lapin et celles de certains
animaux à peu près de la même taille, appelés *nnuhnoh,*
lesquels sont ma foi très jolis et recouverts d'un duvet
très fin. Je ressemelai mes souliers avec de petites planches
de bois que j'attachai à l'empeigne, et lorsque celle-ci
fut à son tour complètement usée, j'en fis une de peau
de Yahoo séchée au soleil.

Souvent je trouvais du miel
dans des arbres creux, et je le
mélangeais avec de l'eau ou le
mangeais avec mon pain. Personne n'éprouva jamais mieux
que moi la vérité de ces deux
maximes que la nature se con-
tente de peu, et que la néces-
sité est la mère de l'invention. Je jouissais
d'une santé parfaite et d'une tranquillité d'esprit inaltérable. Je ne me voyais exposé ni à l'inconstance
ou à la trahison des amis, ni aux dangers qu'auraient pu
susciter des ennemis déclarés ou cachés. Je n'avais aucune
occasion de corrompre, de flatter, de faire le complaisant,
de rechercher la faveur d'un puissant personnage ou de
son favori. Je n'étais point obligé de me garantir contre
la fraude ou l'oppression. Il n'y avait dans ce pays ni médecin pour m'abîmer le corps, ni homme de loi pour
ruiner ma fortune, ni espion pour surveiller mes mots et
mes actes ou pour forger contre moi des accusations
payées.

On me faisait la gracieuseté de m'admettre auprès de

plusieurs Houyhnhnms qui venaient voir mon maître ou dîner avec lui. Son Honneur m'autorisait généreusement à rester dans la chambre et à écouter la conversa tion. Souvent ils poussaient l'amabilité, lui et ses convives, jusqu'à m'adresser des questions et à faire attention à mes réponses. J'avais aussi quelquefois l'honneur d'accompagner mon maître dans ses visites chez les autres.

Je n'hésite pas à déclarer que le peu de savoir utile que je possède aujourd'hui, je l'ai puisé dans les sages leçons de mon maître et dans ses entretiens avec ses amis, et je serais encore plus fier de les écouter que d'inspirer la plus grande et la plus sage assemblée d'Europe. J'admirai la force, la beauté, la rapidité des habitants de ce pays, et une telle réunion de vertus dans des personnes si aimables excitait en moi la plus haute vénération. Si je n'éprouvai pas tout d'abord cette impression naturelle de respectueuse terreur que les Yahoos et les autres animaux éprouvent vis-à-vis d'eux, elle ne tarda pas à m'envahir par degrés beaucoup plus promptement que je ne l'imaginais, et je me sentis bientôt pénétré d'un sentiment d'affection et de reconnaissance pour la bonté qu'ils voulaient bien avoir de me distinguer du reste de mon espèce.

Lorsque je pensais à ma famille, à mes amis, à mes compatriotes et à toute la race humaine en général, je me les représentais, — non sans raison, — tous comme de vrais Yahoos pour la figure et le caractère, un peu plus civilisés peut-être et ayant le don de la parole, mais ne se servant de la raison que pour développer et perfectionner ces vices dont leurs frères de ce pays n'avaient que la portion qui leur avait été allouée par la nature.

A force de m'entretenir avec les Houyhnhnms et de les

contempler avec bonheur, j'avais pris un peu de leurs
gestes et de leur maintien, ce qui est maintenant une
habitude chez moi. Souvent mes amis me disent, — sans
vouloir y mettre de malice, — que « je trotte comme un
cheval », et, du reste, je tiens cela pour un grand compliment. Je reconnais aussi volontiers qu'en parlant, il
m'arrive d'imiter la voix et les manières des Houyhnhnms,
et je ne m'offense aucunement quand on cherche à me
tourner en ridicule à ce sujet.

Dans cet heureux état, et tandis que je me croyais
tranquillement fixé dans ce pays pour le reste de mes
jours, mon maître m'envoya chercher un matin plus tôt
que d'ordinaire. Je ne pus m'empêcher de remarquer son
air embarrassé et son hésitation à me faire connaître ce
qu'il avait à me communiquer. Après un court silence, il me
dit qu'il ne savait pas comment j'allais prendre ses paroles,
mais que, dans la dernière assemblée générale, quand
on s'était occupé de la question des Yahoos, les députés
avaient trouvé mauvais qu'il entretînt un Yahoo, — c'est
moi qu'ils voulaient dire, — dans sa famille, plutôt comme
un Houyhnhnm que comme une bête brute. On n'ignorait
pas qu'il conversait souvent avec moi, comme s'il pouvait
trouver quelque avantage ou quelque plaisir dans ma
compagnie. C'était là, avaient-ils dit, un procédé qui
n'était conforme ni à la raison, ni à la nature, et jamais
on n'avait entendu parler d'une chose pareille. L'assemblée l'avait alors exhorté à faire de deux choses l'une :
ou à m'employer comme les autres créatures de mon
espèce, ou à m'ordonner de retourner à la nage à l'endroit
d'où je venais. Le premier de ces expédients avait été
expressément rejeté par tous les Houyhnhnms qui m'a-

vaient vu chez lui ou chez eux, car, prétendaient-ils, avec les sentiments de raison que je possédais, ajoutés à la dépravation naturelle de ces animaux, il était à craindre que je ne les décidasse à gagner les parties boisées et montagneuses de la contrée, pour de là ramener en troupe la nuit cette race naturellement vorace et ennemie du travail, dans le dessein de détruire le bétail des Houyhnhnms.

Mon maître ajouta que les Houyhnhnms du voisinage le pressaient chaque jour de mettre à exécution la décision de l'assemblée, et qu'il ne pouvait différer plus long-temps. Comme il ne croyait pas qu'il me serait possible de nager jusqu'à un autre pays, il me conseillait de construire un petit véhicule dans le genre de ceux dont je lui avais fait la description et qui fût capable de me porter sur mer. Ses serviteurs et ceux de ses voisins ne demandaient pas mieux que de m'aider dans ce travail. Il conclut en disant que, s'il n'avait tenu qu'à lui, il aurait été content de me garder à son service pendant toute ma vie, parce qu'il avait vu que je m'étais gardé de certaines habitudes et dispositions mauvaises, en m'efforçant d'imiter les Houyhnhnms, autant que l'infériorité de ma nature le comportait.

Ce discours m'accabla de douleur et de désespoir. Incapable de résister à un tel coup, je tombai évanoui à ses pieds. Quand je revins à moi, il me dit qu'il avait pensé que j'étais mort, car les Houyhnhnms ne sont pas sujets à de telles faiblesses de la nature. Je lui répondis d'une voix faible que la mort aurait été un bonheur trop grand ; que, bien que je n'eusse pas le droit de blâmer l'exhortation de l'assemblée, ni l'insistance de ses amis, il me semblait pourtant, dans mon jugement borné et corrompu, que la raison n'aurait pas souffert si l'on avait été moins rigoureux.

Il m'était impossible de faire une lieue à la nage, et la terre la plus proche de la leur en était probablement éloignée de plus de cent. Bien des matériaux nécessaires à la construction d'une petite embarcation capable de m'emporter manquaient absolument dans ce pays, mais j'essayerais néanmoins d'en fabriquer une, par obéissance et par reconnaissance envers Son Altesse, bien que la chose me parût impossible et que j'en arrivasse à me regarder comme voué d'avance à la destruction. La perspective d'une mort certaine était d'ailleurs le moindre de mes maux, car, en supposant que, par quelque aventure extraordinaire, je réussisse à m'échapper vivant, comment me ferais-je à l'idée de passer mes jours parmi les Yahoos et de retomber dans mes anciennes corruptions, faute d'exemples pour me guider et me maintenir dans les sentiers de la vertu? Je savais trop bien sur quelles bonnes raisons s'appuyaient toutes les résolutions des sages Houyhnhnms, et qu'elles ne sauraient être ébranlées par les arguments d'un misérable Yahoo comme moi. Aussi, en le remerciant sincèrement pour l'offre de me faire aider par ses serviteurs dans la construction d'un bateau et en lui demandant un délai raisonnable pour l'accomplissement d'un travail aussi difficile, je lui déclarai que je m'efforcerais de conserver une vie misérable, et que, si jamais je revenais en Angleterre, je n'étais pas sans espoir d'être utile à mon espèce en exaltant les louanges des fameux Houyhnhnms et en exhortant le genre humain à imiter leurs vertus.

Son Honneur me fit en quelques mots une très gracieuse réponse et m'accorda deux mois pour finir mon
bateau. Il ordonna au bidet alezan, mon camarade de
domesticité, — loin de lui comme je suis aujourd'hui,
j'ose prendre la liberté de l'appeler ainsi, — de suivre
mes instructions, car j'avais assuré à son maître que
j'aurais assez de son aide et que je savais qu'il avait de
l'affection pour moi.

Mon premier soin fut d'aller avec lui à l'endroit de la
côte où mon équipage rebelle m'avait fait laisser à terre.
Étant monté sur une hauteur, d'où je regardai de tous
côtés en mer, il me sembla voir une petite île vers le
Nord-Est. Je tirai ma lunette de poche et je pus alors la
distinguer nettement à cinq lieues de distance environ,
d'après mon calcul. Le bidet alezan, lui, n'y vit rien qu'un
nuage bleu, car de même qu'il n'avait aucune idée d'autre
pays que le sien, il ne pouvait être aussi habile à distinguer les objets lointains en mer que nous qui sommes
si familiarisés avec cet élément.

Après cette découverte, je fus fixé et je décidai que
ce serait la première station de mon exil, m'en rapportant
pour le reste à la fortune.

Je retournai à mon logement, et, après m'être consulté avec le bidet alezan, nous allâmes dans un bois à
quelque distance, où, moi avec mon couteau, lui avec son
silex tranchant très ingénieusement fixé suivant la mode
du pays à un manche de bois, nous coupâmes plusieurs
tiges de chêne souples et à peu près de la grosseur d'une
canne, puis quelques autres morceaux plus gros. Pour ne
pas ennuyer le lecteur du détail de notre travail, je me
bornerai à dire qu'en six semaines, avec l'aide du bidet

alezan j'achevai une espèce de canot indien, mais bien
plus large et recouvert de peaux de Yahoos, solidement
cousues ensemble avec du fil de chanvre de ma fabrica-
tion. Je me fis aussi une voile de ces mêmes peaux. Je me
munis en outre de quatre avirons. Je fis ensuite provision
de viande bouillie, de lapins et de volailles, et je pris avec
moi deux grands vases, l'un plein de lait, l'autre d'eau.

J'essayai mon canot dans un grand étang et y cor-
rigeai tous les défauts que j'y pus remarquer. Lorsqu'il
fut amené au point de perfection où il m'était possible
de le mettre, je le fis tirer sur chariot tout doucement
jusqu'au rivage par des Yahoos, sous la conduite du
bidet alezan et d'un autre domestique.

Lorsque tout fut prêt et que le jour de mon départ
fut arrivé, je pris congé de mon maître, de ma maîtresse
et de toute la famille, les yeux baignés de larmes et le
cœur accablé de chagrin. Son Honneur, un peu par curio-

sité, et peut-être, — je crois pouvoir le dire sans vanité, — par bienveillance pour moi, voulut me voir dans mon canot et il avait engagé plusieurs de ses amis du voisinage à l'accompagner. Je fus obligé d'attendre plus d'une heure à cause de la marée ; alors, observant que le vent était bon pour aller à l'île, je pris définitivement congé de mon maître. Comme j'allais me prosterner pour baiser son sabot, il me fit l'honneur de le soulever doucement jusqu'à ma bouche. Je n'ignore pas la façon dont on m'a critiqué pour avoir mentionné ce détail. Mes détracteurs ont l'air de trouver improbable qu'une personne si illustre condescende jusqu'à donner une telle marque de distinction à une créature aussi inférieure que moi. D'autre part, certains voyageurs, je ne l'ignore pas ne manquent jamais de se vanter des faveurs extraordinaires dont ils ont été l'objet, mais je puis dire que, si ces critiques connaissaient mieux le caractère noble et courtois des Houyhnhnms, ils changeraient aussitôt d'opinion.

Enfin, après avoir présenté mes hommages aux autres Houyhnhnms de la compagnie de Son Honneur, je m'éloignai du rivage.

CHAPITRE X

Dangereuse traversée de l'Auteur. — Il arrive en Nouvelle-Hollande avec
l'espoir de s'y fixer. — Il est blessé d'une flèche par un des naturels. — Il
est pris et conduit de force sur un vaisseau portugais. — Le capitaine
l'accueille avec bonté — L'Auteur arrive en Angleterre.

 E commençai ce périlleux voyage le 15 fé-
vrier 1714, à neuf heures du matin.
Quoique j'eusse un vent favorable, je ne
me servis d'abord que de mes avirons,
mais réfléchissant que je serais bientôt
las et que le vent pouvait changer, je me
risquai à mettre ma voile, si bien, qu'avec l'aide de la
marée, je faisais une demi-lieue à l'heure, autant que j'en
pouvais juger. Mon maître et ses amis restèrent sur le
rivage, jusqu'à ce qu'ils m'eussent perdu de vue, et j'entendis plusieurs fois le bidet alezan, qui m'avait toujours
porté de l'affection, me crier : *Hny illa nyha majah*

Yahoo! ce qui voulait dire : « Prends garde à toi, gentil Yahoo ! »

Je cherchai à découvrir, si je le pouvais, quelque petite île déserte, mais où mon travail pût me procurer les choses nécessaires à la vie. J'aurais alors considéré ma situation comme beaucoup plus heureuse que celle d'un premier ministre dans une des plus grandes cours d'Europe, tant j'avais horreur de retourner vivre dans la société et sous le gouvernement des Yahoos. Dans cette heureuse solitude que je recherchais, je pourrais du moins jouir de mes propres pensées et me laisser charmer par le souvenir des vertus de ces inimitables Houyhnhnms, sans être exposé à retomber dans les vices et les corruptions de mon espèce.

Le lecteur n'a sans doute pas oublié ce que je lui ai raconté lorsque l'équipage se révolta contre moi et me tint enfermé dans ma chambre où je restai pendant plusieurs semaines, sans savoir la route que suivait mon vaisseau. Il doit aussi se rappeler que, lorsqu'on me conduisit à terre dans la chaloupe, les marins m'assurèrent, avec des serments vrais ou faux, qu'ils ne savaient pas dans quelle partie du monde nous étions. Cependant, selon moi, nous devions nous trouver à environ 10° au sud du cap de Bonne-Espérance, ou à 45° de latitude méridionale, d'après ce que j'avais conclu de certains mots vagues surpris dans leurs conversations, qui me firent supposer qu'ils étaient au sud-est de Madagascar, où ils se proposaient d'aller. Quoique ce ne fût là qu'une conjecture, je résolus de gouverner à l'Est, espérant mouiller au sud-ouest de la côte de la Nouvelle-Hollande, où j'avais peut-être chance de trouver à l'Ouest une île comme je la désirais. Le vent venait en plein d'Ouest, et, à six heures du soir, je supputai que j'avais fait environ dix-huit lieues vers l'Est. Je découvris bientôt, à environ une demi-lieue, une petite île où je ne tardai pas à aborder. Ce n'était qu'un rocher, avec une petite baie que les tempêtes y avaient creusée. J'amarrai mon canot en cet endroit, et ayant grimpé sur un des côtés du rocher, j'aperçus distinctement à l'Est une terre qui s'étendait du Sud au Nord. Je passai la nuit dans mon canot, et reprenant mon voyage le lendemain de grand matin, j'arrivai en sept heures à la pointe sud-est de la Nouvelle-Hollande. Cela me confirma dans une opinion que j'avais depuis longtemps, savoir, que les mappemondes et les cartes placent ce pays au moins 3° plus à l'Est qu'il n'est réellement. Je crois avoir, il y a plusieurs années, communiqué ma pensée à mon illustre ami, M. Herman Moll, en lui expliquant mes raisons, mais il a mieux aimé suivre d'autres auteurs.

Bien que je n'aperçusse pas d'habitants à l'endroit où j'avais atterri, comme je n'avais point d'armes, je ne voulus pas m'aventurer dans l'intérieur du pays. Je ramassai sur le rivage quelques coquillages que je mangeai crus, n'osant les faire cuire, de peur que le feu ne me fît découvrir par les habitants du pays. Pendant les trois jours que je me tins caché en cet endroit, je ne vécus que d'huîtres et de moules, afin de ménager mes provisions, et j'eus de plus le bonheur de trouver un petit ruisseau dont l'eau était excellente.

Le quatrième jour, de bonne heure, m'étant risqué un peu dans les terres, je découvris vingt ou trente naturels sur une hauteur qui n'était pas à plus de cinq cents yards de moi. Ils étaient tout nus, hommes, femmes et enfants, et se tenaient autour d'un feu dont je voyais la fumée. L'un d'eux m'aperçut et me signala aux autres. Cinq hommes s'avancèrent vers moi, laissant les femmes et les enfants au coin du feu. Aussitôt je me mis à fuir vers le rivage et, m'étant jeté dans mon canot, je ramai de toute ma force. Les sauvages, voyant ma retraite, coururent après moi et, avant que je fusse assez loin en mer, ils me décochèrent une flèche qui m'atteignit au genou gauche, et me fit une profonde blessure dont je porterai la marque toute ma vie. Je craignais que la flèche ne fût empoisonnée; aussi, après avoir ramé vigoureusement et m'être mis hors de la portée de leurs traits, je tâchai de bien sucer ma plaie, et ensuite la pansai du mieux que je pus.

J'étais extrêmement embarrassé, et n'osais retourner au même atterrissement. Je me maintenais au Nord, et j'étais forcé d'employer les avirons, car le vent, bien que très faible, était contre moi, venant du Nord-Ouest. Pendant que je cherchais quelque endroit sûr pour aborder, j'aperçus au Nord-Nord-Est une voile qui devenait à chaque minute plus visible. J'hésitai un peu si je devais l'attendre ou non; mais, à la fin, mon horreur de la race Yahoo l'emporta et, virant de bord, je me dirigeai vers le Sud en me servant de la voile et des rames à la fois, et je rentrai dans la même baie d'où j'étais parti le matin, aimant mieux me risquer au milieu de ces sauvages plutôt que de vivre avec des Yahoos européens. J'approchai mon canot le plus près possible du rivage, et allai me cacher derrière une petite roche, tout près du ruisseau dont j'ai parlé.

Le vaisseau s'avança à une demi-lieue de la baie, et envoya sa chaloupe avec des tonneaux pour faire provision d'eau fraîche, car le lieu, à ce qu'il semble, était bien connu. Malheureusement, je ne m'en aperçus que lorsque le bateau était presque au rivage, et il était trop tard pour chercher un autre refuge. Les marins, en débarquant, aperçurent mon canot et, s'étant mis à le visiter

dans tous les coins, ils n'eurent pas de peine à supposer que le propriétaire ne pouvait être bien loin. Quatre d'entre eux, bien armés, se mirent à fouiller toutes les crevasses et tous les trous, et à la fin me découvrirent couché la face contre terre derrière ma roche. Ils parurent extrêmement surpris de mon étrange accoutrement, de mon habit fait de peaux, de mes souliers à semelles de bois, et de mes bas fourrés. Ils en conclurent néanmoins que je n'étais pas du pays, dont tous les naturels sont nus. Un d'eux m'ordonna de me lever, et me demanda en

langage portugais qui j'étais. Comme j'entendais parfaitement cette langue, je me relevai aussitôt et lui dis que
j'étais un pauvre Yahoo, banni de chez les Houyhnhnms, et
que je les conjurais de me laisser aller. Ils furent étonnés
de m'entendre leur répondre dans leur langue, et ils jugèrent par la couleur de mon visage que je devais être un
Européen. Par exemple, ils ne pouvaient savoir ce que je
voulais dire par *Yahoos* et *Houyhnhnms*. En même temps,
ils ne pouvaient s'empêcher de rire de l'accent étrange
que j'avais en parlant, et qui ressemblait au hennissement d'un cheval. Je ne cessai de trembler, partagé entre
la crainte et la haine, et je demandai de nouveau qu'on
me laissât partir. M'ayant vu faire un léger mouvement
dans la direction de mon canot, ils m'empoignèrent et
voulurent savoir de quel pays j'étais, d'où je venais,
et bien d'autres choses encore. Je répondis que j'étais
né en Angleterre, d'où j'étais parti il y avait environ
cinq ans, et que, comme à cette époque leur pays et
le nôtre étaient en paix, j'espérais qu'ils ne me traite-
raient pas en ennemi, car je ne leur voulais point de
mal. Je n'étais qu'un pauvre Yahoo à la recherche de
quelque île déserte pour y passer le reste de ma vie
infortunée.

La première fois qu'ils m'avaient parlé, il m'avait
semblé n'avoir jamais rien vu ni entendu de si extraordinaire. Cela me paraissait aussi monstrueux que si un
chien ou une vache avaient parlé en Angleterre, ou un
Yahoo dans le pays des Houyhnhnms. De leur côté, ces
bons Portugais restaient stupéfaits en présence de l'étran-
geté de mes effets, et de la bizarrerie avec laquelle je
prononçais mes mots, que cependant ils comprenaient

fort bien. Ils me parlèrent avec beaucoup de douceur, et me dirent qu'ils étaient convaincus que le capitaine me transporterait gratis jusqu'à Lisbonne, d'où je pourrais retourner dans mon pays; que deux d'entre eux iraient

dans un moment trouver le capitaine pour l'informer de ce qu'ils avaient vu, et recevoir ses ordres, mais qu'en attendant, à moins que je ne leur donnasse ma parole de ne pas chercher à me sauver, ils s'assureraient de ma personne. Je crus que ce que j'avais de mieux à faire, c'était de me soumettre à leur proposition. Ils avaient bien envie de connaître mon histoire, mais comme je ne les satisfis que médiocrement, ils en conclurent tous que mes malheurs m'avaient troublé l'esprit. Au bout de deux heures, la chaloupe, qui était allée porter l'eau douce au vaisseau, revint avec l'ordre du capitaine de m'amener à bord. Je me jetai à genoux, suppliant qu'on me laissât ma liberté, mais ce fut en vain; je fus lié, mis dans la chaloupe, et conduit ainsi à bord, puis à la cabine du capitaine.

Il s'appelait Pedro de Mendez, et c'était un homme très courtois et très généreux. Il me pria d'abord de lui dire qui j'étais, et ensuite me demanda ce que je désirais manger ou boire, m'assurant que je serais traité comme lui-même; enfin il me parla d'une façon si obligeante, que je fus tout étonné de rencontrer tant de civilité chez un Yahoo. Malgré tout, je restai morne et silencieux, et je me sentais près de m'évanouir à la seule odeur de lui et de ses hommes. Je finis par lui demander l'autorisation de manger quelque chose des provisions de mon canot, mais il me fit servir un poulet et de très bon vin, puis il donna des instructions pour qu'on me fît coucher dans une cabine très propre. Je ne voulus pas me déshabiller, et me couchai sur les couvertures du hamac. Au bout d'une demi-heure, lorsque je pensai que tout l'équipage était à dîner, je m'échappai et, m'approchant du bord du navire, j'allais me jeter dans la mer pour essayer de me sauver à la nage, plutôt que de rester parmi des Yahoos, quand un matelot me retint à temps, et le capitaine ayant été informé de ma tentative, me fit attacher dans ma cabine.

Après le dîner, il vint me trouver et voulut savoir le

motif qui m'avait poussé à une résolution si désespérée.
Il m'assura qu'il n'avait d'autre désir que de me rendre
tous les services en son pouvoir, et me parla d'une
manière si persuasive, que je commençai à le regarder
comme un animal un peu raisonnable. Je lui fis en peu
de mots le récit de mon voyage, du complot formé contre
moi par mes hommes, du pays où ils m'avaient mis à
terre, et des cinq années que j'y avais passées. Il consi-
déra tout cela comme un rêve ou une vision, ce dont je
fus très offensé, car j'avais complètement perdu la faculté
de mentir, si commune aux Yahoos dans toutes les contrées où ils règnent, et, par suite, leur disposition à
suspecter la véracité de ceux de leur espèce. Je lui
demandai si c'était la coutume dans son pays de dire ce
qui n'est pas. Je lui affirmai que j'avais presque oublié
ce qu'il entendait par chose fausse, et que, si j'avais vécu
mille ans chez les Houyhnhnms, je n'aurais jamais entendu
un mensonge même de la part des domestiques du plus
bas ordre; qu'il m'était absolument indifférent d'être cru
de lui ou non, mais que, néanmoins, en reconnaissance
de sa bonté pour moi, je tiendrais compte de la corruption de sa nature, pour répondre à toutes les objections
qu'il pourrait m'opposer, et qu'alors il pourrait facilement reconnaître la vérité.

Le capitaine, homme sensé, après avoir essayé à plusieurs reprises de me surprendre en contradiction avec
moi-même dans les différentes parties de mon histoire,
finit par avoir un peu meilleure opinion de ma sincérité.
Pourtant, il crut devoir ajouter que, puisque je professais
un si inviolable attachement pour la vérité, il exigeait
que je lui donnasse ma parole d'honneur de rester avec

lui pendant toute la traversée, sans chercher à atten-
ter de nouveau à ma vie, car, autrement, il se verrait
dans la nécessité de me tenir prisonnier jusqu'à notre
arrivée à Lisbonne. Je lui promis ce qu'il me demandait, tout en protestant que j'aimerais mieux souffrir
les plus dures misères que de retourner vivre parmi les
Yahoos.

Il ne se passa rien de remarquable pendant notre
voyage. Par reconnaissance pour le capitaine, je restais
quelquefois avec lui et m'efforçais de cacher mon antipathie pour le genre humain, — et malgré tout, je ne pouvais par moments m'empêcher de la laisser éclater, mais
il laissait passer mes boutades sans observation. La plus
grande partie de la journée, cependant, je me tenais
renfermé dans ma cabine, évitant de voir personne de
l'équipage. Le capitaine m'avait souvent pressé de me
dépouiller de mon costume sauvage et m'avait offert de
me prêter ses plus beaux habits, mais je ne voulus jamais
me laisser persuader, tellement j'avais horreur de me
couvrir de quelque chose qui avait été sur le dos d'un
Yahoo. Je me bornai à lui demander de me prêter deux
chemises propres qui, ayant été lavées depuis qu'il les
avaient portées, ne pouvaient plus, à mon avis, me
souiller autant. Je les mettais tous les deux jours, et
j'avais soin de les laver moi-même.

Nous arrivâmes à Lisbonne le 5 novembre 1715. Pour
débarquer, le capitaine m'obligea à me recouvrir de son
manteau, pour empêcher la canaille de s'attrouper autour
de moi. On me conduisit à sa maison, et je demandai
avec insistance à être logé dans la chambre la plus
haute, sur le derrière. Je le conjurai de ne raconter à

personne ce que je lui avais dit des Houyhnhnms, parce
que, si mon histoire était ébruitée, je serais bientôt accablé d'une infinité de curieux, et probablement exposé au
danger d'être emprisonné et brûlé par l'Inquisition. Le
capitaine me persuada d'accepter un costume neuf, mais

je ne voulus pas souffrir que le tailleur me prît mesure.
Pourtant, comme dom Pedro était à peu près de ma
taille, les habits m'allèrent assez bien. Il m'équipa de
diverses autres choses nécessaires, toutes neuves, mais que
j'exposai à l'air pendant vingt-quatre heures avant de
vouloir m'en servir.

Le capitaine, qui n'était pas marié, n'avait que trois

domestiques, dont aucun ne nous servait aux repas. Il se comporta envers moi d'une façon si obligeante et il avait de plus une intelligence si droite et si humaine, qu'à la fin sa compagnie ne me déplaisait réellement pas. Il gagna tant sur moi, que je me risquai à regarder par la fenêtre de derrière. Peu après, il m'amena dans une autre chambre d'où je jetai un coup d'œil dans la rue, mais je retirai aussitôt la tête, tout effrayé. Au bout d'une semaine, il m'avait séduit au point de me faire descendre jusqu'à la porte. Je sentis ma terreur diminuer graduellement, mais ma haine et mon mépris semblaient s'accroître. Enfin je m'enhardis assez pour me promener par la ville dans sa compagnie, mais je me tenais le nez bien bouché de rue et quelquefois de tabac.

Au bout de dix jours, dom Pedro, à qui j'avais expliqué l'état de ma famille, me représenta, comme une question d'honneur et de conscience, que je devais retourner dans mon pays natal et vivre chez moi avec ma femme et mes enfants. Il m'avertit en même temps qu'il y avait dans le port un navire prêt à faire voile pour l'Angleterre et m'assura qu'il me fournirait tout ce qui me serait nécessaire pour mon voyage. Il serait fastidieux de reproduire ses raisonnements et ceux que je lui opposai. Il était, disait-il, tout à fait impossible de trouver une île solitaire comme celle où je désirais vivre, mais je pourrais commander chez moi et y passer mon temps d'une manière aussi retirée qu'il me plairait.

A la fin je me rendis, croyant ne pouvoir mieux faire. Je quittai Lisbonne le 24 novembre sur un vaisseau marchand anglais, mais il ne m'est jamais venu à l'idée de m'informer du nom du patron. Dom Pedro m'accompagna jusqu'au navire et me prêta vingt livres. En prenant congé de moi, il m'embrassa, ce que je supportai d'aussi bonne grâce que je pus. Pendant cette traversée, je n'eus aucun commerce ni avec le patron ni avec aucun de ses hommes ; mais, ayant prétexté une maladie, j'en profitai pour me tenir constamment enfermé dans ma cabine. Le 5 décembre 1715, nous jetâmes l'ancre dans les Dunes, vers neuf heures du matin, et à trois heures de l'après-midi, j'arrivai sans accident à ma maison de Redriff.

Ma femme et mes enfants me reçurent avec beaucoup de surprise et de joie, car ils m'avaient cru certainement mort.

Dès que j'entrai dans la maison, ma femme me prit dans ses bras et m'embrassa, mais n'étant plus depuis tant d'années accoutumé à ce contact, je tombai évanoui et restai sans connaissance pendant près d'une heure.

Au moment où j'écris, cinq ans se sont écoulés depuis mon retour en Angleterre. Pendant la première année, je ne pouvais supporter devant moi ma femme ou mes enfants. Leur seule odeur m'était intolérable. Je pouvais encore moins souffrir qu'ils prissent leurs repas dans la même chambre que moi. Jusqu'à cette heure, ils n'oseraient se permettre de toucher à mon pain ou de boire à ma tasse, et je n'ai jamais voulu en laisser un d'eux me prendre par la main.

Le premier argent que je dépensai fut pour acheter deux jeunes étalons, que j'ai logés dans une bonne écurie. Après eux, mon plus grand favori est le groom, car je me sens revivre à l'odeur dont il s'imprègne auprès d'eux. Mes chevaux me comprennent assez bien et je converse avec eux au moins quatre heures par jour. Ils ne connaissent ni la bride ni la selle. Ils ont une grande affection pour moi et beaucoup d'amitié l'un pour l'autre.

CHAPITRE XI

INSI, je viens de t'exposer, aimable lecteur, l'histoire fidèle de mes voyages pendant seize ans, sept mois et quelques jours. La vérité a été mon plus grand souci, et je me suis moins préoccupé des ornements. J'aurais peut-être, comme bien d'autres, pu t'étonner par des récits étranges et invraisemblables, mais j'ai préféré raconter très sincèrement des choses véridiques dans un style des plus simples et de la manière la plus candide, car mon principal dessein était de t'instruire, et non de t'amuser.

Il est facile à ceux qui, comme moi, voyagent dans des contrées lointaines rarement visitées par les Anglais et les autres Européens, de faire des descriptions d'animaux merveilleux, soit marins, soit terrestres; mais, selon moi, le principal but d'un voyageur devrait se borner à rendre les hommes plus sages et meilleurs, et à perfectionner leur esprit par l'exemple, bon ou mauvais, de ce qu'il raconte relativement aux pays étrangers.

C'est donc du fond du cœur que je souhaiterais la promulgation d'une loi obligeant tout voyageur, avant d'être autorisé à publier ses voyages, de déclarer sous serment, devant le Grand Lord Chancelier, que tout ce qu'il a l'intention d'imprimer est absolument vrai, tout au moins à sa connaissance, car alors le monde ne serait plus trompé comme il l'est ordinairement. Certains auteurs, en effet, pour mieux faire accepter leurs ouvrages du public, imposent les mensonges les plus grossiers au trop confiant lecteur. Dans ma jeunesse, j'ai lu beaucoup de livres de voyages avec grand plaisir, mais depuis, ayant parcouru la plupart des contrées du globe et ayant pu rectifier par mes propres observations bien des récits fabuleux, j'ai conçu un grand dégoût pour ce genre de lecture et une certaine indignation de voir la crédulité du genre humain si impudemment abusée. Aussi, puisque mes amis ont bien voulu penser que mes faibles efforts pouvaient n'être pas désagréables à mon pays, je me suis imposé, comme une maxime dont je ne me départirai jamais, de m'en tenir strictement à la vérité. Je n'aurai, d'ailleurs, jamais la moindre tentation de m'en départir, tant que je garderai dans mon esprit les leçons et l'exemple de mon noble maître et des autres illustres

Houyhnhnms, dont j'ai eu si longtemps l'honneur d'être
l'humble auditeur.

...Nec si miserum Fortuna Sinonen
Finxit, vanum etiam, mendacemque improba ·finget.

Je sais parfaitement combien peu de réputation il faut
s'attendre à retirer d'ouvrages qui ne demandent ni génie,
ni savoir, ni, en somme, aucune autre qualité qu'une
bonne mémoire ou l'exactitude à tenir son journal. Je sais
également que les auteurs de voyages, comme les faiseurs
de dictionnaires, sont vite relégués dans l'oubli sous le
poids et la masse de ceux qui viennent les derniers et
conséquemment se tiennent au sommet.

Certes, il est très probable que les voyageurs qui
visiteront à l'avenir les contrées que j'ai décrites dans
cet ouvrage pourront, en découvrant mes erreurs, —
s'il y en a, — et en ajoutant d'autres découvertes qui leur
seront propres, m'enlever la vogue, me remplacer et faire
oublier au monde que je fus jamais un auteur. Cela
serait, à la vérité, une mortification par trop grande, si
j'écrivais pour la renommée; mais, comme je n'ai eu en
vue que le bien public uniquement, je ne saurais éprouver une déception si complète. Qui peut, en effet, lire les
vertus que j'ai indiquées chez les glorieux Houyhnhnms,
sans avoir honte de ses propres vices, lorsqu'il se considère comme l'animal raisonnant et dirigeant de son pays?
Je ne dirai rien de ces nations reculées où règnent des
Yahoos, parmi lesquelles la moins corrompue est celle
des Brobdingnagiens, dont les sages maximes de morale
et de gouvernement feraient notre bonheur si nous les
observions. Je m'abstiendrai de m'étendre davantage, et

je laisse le judicieux lecteur à ses propres remarques avec toutes leurs conséquences.

Une de mes plus grandes satisfactions est que mon ouvrage ne puisse encourir le blâme de personne. Quelle objection peut-on adresser à un écrivain qui ne raconte que des faits simples, arrivés dans des contrées si lointaines où nous n'avons pas le moindre intérêt, soit commercial, soit diplomatique? J'ai soigneusement évité toutes les fautes dont les auteurs de livres de voyages sont souvent trop justement accusés. En outre, je n'ai pas le moindre esprit de parti et j'écris sans passion, sans préjugé, sans mauvaise volonté envers aucun homme ou aucun groupe d'hommes que ce soit. J'écris avec le but le plus noble, celui d'enseigner et d'instruire le genre humain, sur lequel je peux, sans faire violence à la modestie, prétendre à quelque supériorité, grâce aux avantages que j'ai retirés de mon si long commerce avec les plus parfaits Houyhnhnms. Je n'écris donc pas dans un but de profit ou de louanges. Je ne laisse jamais passer un mot qui puisse avoir l'air d'un reproche, ou qui puisse le moins du monde offenser même ceux qui sont le plus disposés à l'être. Aussi j'espère que je puis, avec justice, me proclamer un auteur parfaitement irréprochable, contre lequel la tribu des faiseurs de réponses, de considérations, d'observations, de réflexions, de découvertes et de remarques ne sera jamais capable de trouver matière à exercer ses talents.

On m'a dit tout bas, je dois en convenir, que mon devoir m'obligeait, en qualité de sujet de l'Angleterre, à remettre un mémoire au secrétaire d'État, dès mon premier retour, parce que toutes les terres découvertes par un sujet appartiennent à la couronne. Mais je ne sais si nos conquêtes, dans les contrées dont je parle, seraient aussi faciles que celles de Fernand Cortez sur les sauvages d'Amérique. Les Lilliputiens, selon moi, ne valent pas la peine que l'on fasse la dépense d'une flotte et

d'une armée pour les réduire, et je doute qu'il fût prudent ou sûr de s'attaquer aux Brobdingnagiens. Les Houyhnhnms, il est vrai, ne semblent pas être si bien préparés pour la guerre, science à laquelle ils sont complètement étrangers, et surtout pour se défendre contre les armes à longue portée. Cependant, en supposant que je sois moi-même ministre d'État, je ne saurais opiner pour qu'on les envahisse. Leur sagesse, leur unanimité,

leur ignorance de la crainte et l'amour de leur pays
compenseraient amplement tout ce qui leur manque dans
l'art militaire. Imaginez vingt mille d'entre eux fondant
au milieu d'une armée européenne, jetant la confusion
dans les rangs, renversant les fourgons et écrasant le visage des soldats par les ruades terribles de leurs sabots de
derrière, car ils méritent bien le mot appliqué à Auguste :
Recalcitrat undique tutus.

Au lieu de nous proposer de soumettre cette nation
magnanime, je voudrais plutôt que les Houyhnhnms
eussent les moyens, ou la volonté, d'envoyer un nombre
suffisant d'entre eux pour civiliser l'Europe, en nous
enseignant les premiers principes d'honneur, de justice,
de vérité, de tempérance, d'esprit public, de grandeur
d'âme, de chasteté, d'amitié, de bienveillance et de fidé-
lité : toutes vertus dont les noms se conservent encore
parmi nous dans la plupart des langues et se rencontrent
dans les auteurs modernes aussi bien que dans les anciens, autant que j'en puis juger, d'après les quelques
livres que j'ai lus.

J'avais encore une autre raison qui me rendait moins
empressé à agrandir de mes découvertes les États de Sa
Majesté. A dire vrai, j'avais conçu quelques scrupules
relativement à la justice distributive déployée par les
princes dans ces occasions. Supposons, par exemple, mon
équipage de pirates poussé par une tempête dans une
direction inconnue. Un mousse du mât de hune finit par
signaler la terre. Ils débarquent pour voler ou piller ; ils
voient un peuple inoffensif qui les accueille avec bienveillance ; ils donnent au pays un nom nouveau ; ils en
prennent formellement possession au nom de leur sou-

verain ; ils dressent, comme monument commémoratif,
une planche pourrie ou une pierre ; ils assassinent deux
ou trois douzaines de naturels, en emmènent de force un
couple comme échantillon, reviennent au pays et obtien-
nent leur grâce. Ici commence une nouvelle domination
acquise qui prendra le titre de domination de droit divin.
A la première occasion on envoie des vaisseaux ; les naturels sont chassés ou détruits ; leurs chefs mis à la tor-
ture pour découvrir leurs trésors ; pleine licence est donnée à tous les actes de cruauté et de débauche ; la terre
fume du sang de ses habitants, et cette exécrable horde
de bouchers, employée à une expédition si pieuse, est une
colonie moderne, envoyée pour convertir et civiliser un
peuple idolâtre et barbare.

Cette description, bien entendu, ne regarde en rien
la nation britannique, qui peut servir d'exemple au monde
entier pour sa sagesse, son soin et sa justice dans l'in-
stallation d'une colonie ; pour les sommes qu'elle consa-
cre généreusement aux besoins de la religion et de l'instruction ; pour le choix qu'elle sait faire de pasteurs
pieux et capables, destinés à propager le christianisme ;
pour la précaution qu'elle prend de n'établir dans les
nouvelles possessions que des gens de vie et de conversations recommandables, venus de la mère patrie ; pour son
attention sévère à la distribution de la justice, en remplis-
sant l'administration civile de toutes les colonies de fonc-
tionnaires de la plus haute capacité et absolument incor-
ruptibles, et, comme couronnement de tout cela, en
envoyant les gouverneurs les plus vigilants et les plus
vertueux, qui n'ont en vue que le bonheur des peuples
qu'ils dirigent et l'honneur du roi leur maître.

Pourtant, comme les colonies dont j'ai parlé ne semblent avoir aucun désird'être conquises ou asservies, ni de voir leurs habitants massacrés ou chassés par les colons, qu'elles 'n'abondent ni en or, ni en argent, ni en sucre, ni en tabac, j'ai pensé humblement qu'elles ne pouvaient en aucune façon être considérées comme des pays propres à exciter notre zèle, notre valeur et notre intérêt. Cependant si ceux que cela regarde plus que moi jugent à propos d'être d'un autre avis, je suis prêt à témoigner, quand je serai régulièrement invité à le faire, qu'aucun Européen n'a jamais visité ces contrées avant moi, du moins s'il faut en croire les habitants. Il pourrait cependant se faire que les deux Yahoos que l'on prétend avoir été vus il y a bien des siècles sur une montagne du pays des Houyhnhnms fournissent matière à discussion.

Quant à la formalité de la prise de possession au nom de mon souverain, j'avoue que la pensée ne m'en vint jamais à l'esprit, et même si j'y avais songé, il est très probable que, dans les circonstances où je me trouvais alors, je m'en serais momentanément abstenu pour des raisons de prudence et dans l'intérêt de ma conservation.

Maintenant que j'ai répondu au seul reproche qu'on pouvait m'adresser en tant que voyageur, je vais prendre définitivement congé de tous mes aimables lecteurs, et retourner me livrer à mes pensées dans mon petit jardin de Redriff; mettre en pratique les excellentes leçons de vertu que j'ai reçues chez les Houyhnhnms; instruire les Yahoos de ma propre famille autant que leur docilité me le permettra; regarder souvent ma figure dans un miroir et m'accoutumer ainsi avec le temps, s'il est possible, à supporter la vue d'une créature humaine; déplorer l'état humiliant dans lequel vivent les Houyhnhnms de mon pays et toujours les traiter avec respect pour l'amour de mon noble maître, de sa famille, de ses amis et de tous les individus de leur race, auxquels les chevaux de chez nous ont l'honneur de ressembler dans tous leurs traits, quoique leur intelligence ait dégénéré.

Pour la première fois depuis mon retour, la semaine dernière, j'ai permis à ma femme de s'asseoir avec moi pour dîner, au bout le plus reculé d'une longue table, et de répondre, — mais avec la plus grande brièveté, — aux quelques questions que je lui faisais.

Ma réconciliation avec le genre yahoo, en général, ne serait sans doute pas si difficile si les gens voulaient se contenter des vices et des extravagances que la nature leur a assignés. Je ne me sens nullement irrité à la vue d'un homme de loi, d'un filou, d'un colonel, d'un bouffon, d'un grand seigneur, d'un joueur, d'un politicien, d'un médecin, d'un témoin, d'un suborneur, d'un procureur, d'un traître ou de gens semblables. Tout cela va suivant le cours normal des choses. Mais lorsque je vois un composé de difformités et de maladies de corps et d'esprit féru d'orgueil, ma patience ne peut y résister. Je ne m'expliquerai même jamais comment un tel animal et un tel vice peuvent aller ensemble.

Les sages et vertueux Houyhnhnms, chez qui toutes les perfections capables d'orner une créature raisonnable sont réunies, n'ont pas de nom pour ce vice dans leur langue qui n'a aucun terme pour exprimer ce qui est mal, si ce n'est ceux par lesquels ils décrivent les détestables défauts de leurs Yahoos. Et cependant, parmi ceux-ci, ils n'ont pu distinguer l'orgueil, faute de comprendre à fond la nature humaine telle qu'elle se montre dans d'autres pays où cet animal règne. Mais moi, qui avais plus d'expérience, j'avais été à même d'en observer quelques rudiments chez les Yahoos sauvages.

Les Houyhnhnms, qui vivent sous le gouvernement de la raison, ne se montrent pas plus fiers des bonnes qualités qu'ils possèdent que je ne le suis d'avoir mes deux jambes et mes deux bras, chose dont aucun homme dans son bon sens ne voudrait se vanter, bien que si un homme en était privé, sa situation serait rendue par ce fait des plus misérables.

J'insiste d'autant plus sur ce sujet que je désire arriver à ce que la société d'un Yahoo anglais ne me soit pas absolument insupportable, et c'est pour cette raison que je supplie ici ceux qui ont quelque teinte de ce vice absurde de ne point s'aviser de se présenter devant moi.

FIN

TABLE DES MATIÈRES

VOYAGE A LILLIPUT

VOYAGE AU PAYS DES HOUYHNHNMS

PARIS. — IMPRIMERIE P. MOUILLOT, 13, QUAI VOLTAIRE. — 99668.

www.ingramcontent.com/pod-product-compliance
Lightning Source LLC
Chambersburg PA
CBHW051814020726
47502CB00005B/1446